Rainer Güllich

Mein Krebs, ich und der Rest vom Leben

Ein Bericht

AF210105

Rainer Güllich

Mein Krebs, ich und der Rest vom Leben

Ein Bericht

Impressum

Bibliografische Information der Deutschen Nationalbibliothek:
Die Deutsche Nationalbibliothek verzeichnet diese Publikation in der Deutschen Nationalbibliografie; detaillierte bibliografische Daten sind im Internet über http://dnb.dnb.de abrufbar.

© 2023 Rainer Güllich

Korrektorat: Dr. Thomas Conrad (studiotextart)
Coverfoto: tiburonstudios, Stock-Fotografie-ID: 157168380

Herstellung und Verlag: BoD – Books on Demand, Norderstedt

ISBN: 978-3-7578-0915-7

Dieser Bericht ist wahrheitsgemäß verfasst. Die Namen von Personen und Situationen, in denen sie vorkommen, wurden geändert, um sicherzustellen, dass die Betroffenen nicht identifizierbar sind.

Für Maria,

die mir Hoffnung, Trost und Kraft gab.

Kurzes Vorwort

Als ich 2019 an Lymphdrüsenkrebs erkrankte, ging es mit meinen Gefühlen auf und ab. Mal hatte ich Angst zu sterben, dann wiederum hatte ich Hoffnung, die Erkrankung zu überstehen. Kurz vor der Behandlung mit der Hochdosis-Chemotherapie fiel mir zufällig ein Buch in die Hände, in dem acht Krebspatienten, die an seltenen Tumoren litten, über ihre erfolgreiche Krebsbehandlung berichteten. Auch sie beschrieben ihre Hoffnungen und ihre Angst, sterben zu müssen.

Bücher über Krebserkrankungen hatte ich bis daher gescheut, da ich davon ausging, dass sie meine Angst weiter anfachen würden. Warum ich nun dieses Buch las, weiß ich nicht. Doch war es ein Segen, dass ich das tat. Die Berichte dieser Betroffenen machten mir deutlich, dass es wichtig war, die Hoffnung nie aufzugeben, die Angst hintanzustellen. Dieses Buch hat mit tatsächlich Kraft und Zuversicht gegeben.

Ich würde mir wünschen, dass der Bericht über meine Krebserkrankung dem einen oder anderen Betroffenen ebenfalls Hoffnung und Zuversicht geben kann.

Diagnosefindung

1. Der Anfang

Ich bemerkte es morgens beim Rasieren. An der linken Halsseite befand sich eine Schwellung. Nicht groß, aber so, dass ich mich beim Darübergleiten mit der Rasierklinge geschnitten hatte. Ich begutachtete die rechte Seite meines Halses, ob dort ebenfalls etwas geschwollen war. Es war nichts zu bemerken. Wäre auch dort eine Schwellung gewesen, hätte ich mir keine Sorgen gemacht. Ich hätte auf einen Infekt getippt, der eine Lymphknotenschwellung verursacht hatte. Das hatte ich vor Urzeiten schon mal gehabt, konnte mich aber noch gut daran erinnern. Weil es mir damals insgesamt nicht gut ging. Ich hatte mich abgeschlagen gefühlt und hatte Gliederschmerzen, also typische Zeichen für einen Infekt. Heute ging es mir gut, ich hatte keine Beschwerden.

Ich setzte mich an meinen Laptop und gab einfach mal die entsprechende Suchfrage im Internet ein. Aha, geschwollene Lymphknoten waren ein Zeichen einer infektiösen Erkrankung. Es konnte, speziell bei einseitiger Schwellung, auch ein Hinweis auf eine Krebserkrankung sein. Besonders dann, wenn Nachtschweiß, ungewollter Gewichtsverlust von mehr als 10 % in den letzten sechs Monaten und Fieber über 38 Grad Celsius mit wechselndem Verlauf bestanden. Die letzten drei Anzeichen trafen bei mir glücklicherweise nicht zu. Trotzdem ließ meine Sorge nicht nach, die Erhebung am Hals war eine unerklärliche Tatsache. Weiter hieß es, wenn die Schwellung nach drei Wochen nicht verschwunden sei, solle man einen Arzt aufsuchen. Da ich in keiner Weise beruhigt war, recherchierte ich weiter im Netz. Ich stieß auf den Hinweis, dass diese Beule ein Hinweis auf ein Lymphom sein könne, also eine bösartige Erkrankung des Lymphsystems. Bei Lymphom klingelten bei mir alle Glocken. Darauf hatte mich mein Gastroenterologe aufmerksam gemacht. Ich hatte einen Kloß im Hals.

2008 war bei mir eine Autoimmunerkrankung festgestellt worden. Colitis ulcerosa, eine chronische Entzündung des Dickdarms. Symptome waren eitrige Geschwüre des Darms mit blutigem exzessiven Durchfall. Die Erkrankung verläuft in Schüben und wurde bei mir anfangs mit Kortison behandelt. Da die Kortisonbehandlung einen kortisoninduzierten Diabetes auslöste und keinen großen Erfolg hatte, bekam ich später ein Immunsuppressivum, das die Symptome milderte, also ein Therapieerfolg war. Der Nachteil der künstlich herbeigeführten Immunschwäche war das erhöhte Risiko, an einem Lymphom zu erkranken. Dieses Risiko erhöhte sich noch mal, wenn man die Altersgrenze von sechzig Jahren überschritten hatte. Ich war vierundsechzig Jahre alt!

Angefangen hatte es damit, dass ich vermehrt die Toilette aufsuchen musste, da starker Stuhldrang bestand. Das Ergebnis sah so aus, dass sich in der Toilette nur zäher Schleim mit Blutbeimengungen befand. Da das nicht aufhörte, suchte ich meinen damaligen Hausarzt auf. Das Blut machte ihm Sorge. Mit seiner Aussage »Blut im Stuhl bedeutet Hämorrhoiden oder Krebs« sorgte er bei mir für die entsprechende Angst, die mich die nächste Zeit begleitete. Dass es noch eine dritte Möglichkeit gab, erfuhr ich drei Wochen später. Denn so lange musste ich auf den Termin für die Darmspiegelung warten, die die Ursache der Blutbeimengungen klären sollte. In dieser Zeit ging es mit meinen Gefühlen auf und ab. Mal hatte ich große Angst, Darmkrebs zu haben, dann wiederum konnte ich die Angst abwehren.

Die unangenehme Vorbereitung für die Darmspiegelung will ich nicht erwähnen, auch die Beschreibung der Spiegelung kann ausgespart werden. Entscheidend war das Ergebnis. Der Gastroenterologe teilte mir mit, dass er Anzeichen für eine Entzündung des Dickdarms gefunden hatte. Das entnommene Darmgewebe müsse zwar noch genau untersucht werden, er sei aber ziemlich sicher, was die Diagnose beträfe.

Ich verließ die Praxis erst mal erleichtert. Ich hatte nur eine Darmentzündung und keinen Krebs. Erst als ich zu Hause im Internet zu recherchieren begann, wurde ich nachdenklicher. Ich hatte wohl bei der Diagnose das kleine

Wörtchen »chronisch« überhört. Die häufigsten chronischen Darmentzündungen waren Morbus Chron und Colitis ulcerosa. Das bedeutete schmerzhafte Krankheitsschübe und Durchfall als Begleiter. Beide Erkrankungen wurden als mittelschwer bezeichnet. Schmerzen hatte ich bisher keine. Die sollten noch kommen.

Nach einer Woche kam der Bescheid zu den Gewebsuntersuchungen. Ich hatte Colitis ulcerosa. Eine Autoimmunerkrankung. Ursache unbekannt. Symptome der Erkrankung: zunächst schleimiger Stuhl, häufiger Drang zur Toilette, leichtes Bauchweh. Später anhaltender Durchfall, oft mit Blut und Schleim (durch die eitrige Entzündung der Darmwand). Bei Entleerung Bauchkrämpfe, Gewichtsverlust, Müdigkeit, Fieber. In kurzer Zeit

bekam ich fast alle diese Symptome. Gewichtsverlust und Fieber fehlten. Die Erkrankung tritt schubweise auf, was lang anhalten kann. Um dem entgegenzuwirken, wird mit Medikamenten behandelt, auch als Zäpfchen oder Schaum. Da diese Medikamente bei mir nicht den erwünschten Erfolg zeigten, musste ich zusätzlich Kortison einnehmen. Im ersten Jahr der Behandlung nahm ich acht Monate dieses zweischneidige Zeugs zu mir. Es half zwar gegen die Symptome der Colitis, ließ mich aber schlaflos werden und schwemmte mich auf. Ich hatte den Kopf eines Sumo-Ringers. Als weitere, langfristige schwere Nebenwirkung kommt eine Osteoporose dazu, also eine Erkrankung, in deren Verlauf die Knochen porös werden und leicht brechen.

Durch schlecht eingestellten Blutdruck hatte ich schon vor längerer Zeit eine Schädigung der Nierenkanälchen davongetragen, die die Filterfunktion der Nieren beeinträchtigte. Durch ein Medikament gegen die Colitissymptome, das ich nun bekam, verschlechterte sich die Nierenfunktion weiter. Das Medikament musste abgesetzt werden. Die Darmentzündung verschlechterte sich dadurch aber nicht. Stellt sich die Frage, ob dieses Medikament nötig gewesen war. Das ist wohl oft so in der Medizin: Versuch und Irrtum.

Die ersten beiden Jahre der Colitiserkrankung war ich öfter krankgeschrieben. Durch starke Durchfälle und Schmerzen war ich in meiner Lebensqualität sehr eingeschränkt. Was später gut half, war das schon erwähnte Immunsuppressivum, mit dem die Krankheitsschübe in Schach gehalten werden konnten. Der Nachteil dieses Medikamentes war, dass es meine Immunabwehr senkte, was wiederum das Risiko von Krebserkrankungen, speziell der von Lymphomen, erhöhte.

Kurz nach der Diagnosestellung musste ich für eine Woche ins Krankenhaus, da ich durch viele Durchfälle sehr ausgetrocknet war. Ich fühlte mich total kraftlos. In der Klinik bekam ich Kochsalzinfusionen, wurde langsam aufgepäppelt. Die Ruhe tat mir sehr gut. Zu diesem Zeitpunkt war mir noch nicht klar, wie schwerwiegend diese chronische Erkrankung war.

Das wurde deutlicher, als ich in dieser Phase, ich war erst mal krankgeschrieben, öfter das Haus nicht verlassen konnte. So wollten meine Frau und ich an einem Wochenende einen Ausflug ins Grüne machen. Bevor wir losfahren konnten, musste ich auf die Toilette und das war es dann mit dem Ausflug. Die Durchfälle kamen in kurzen Intervallen, ich war regelrecht ans Haus gefesselt.

Hier half natürlich das Medikament, das ich später bekam, sehr. Bei einem Krankheitsschub waren die Durchfälle nicht so gravierend. Ich blieb arbeitsfähig, konnte das Haus verlassen, hatte kaum Einbußen im Hinblick auf meine Lebensqualität. Es war also unabänderlich, dieses Medikament einzunehmen – trotz der eventuellen schwerwiegenden Nebenwirkungen. Es war durch die Einnahme nicht zwangsläufig so, dass man an einem Lymphom erkranken würde.

Schwellung am Hals hin oder her. Es nützte alles nichts. Ich musste zusehen, dass ich zur Arbeit kam. Es war für mich sogar ein besonderer Tag. Es war der 28.12.2018. Mein letzter Arbeitstag vor der Rente. Ab dem 1. Januar würde ich Rentner sein – die Folge eines Kompromisses.

Meine Frau hatte den Wunsch gehabt, dass ich mit dreiundsechzig Jahren in Rente gehen sollte. Ich wollte mich eigentlich erst mit fünfundsechzig berenten lassen, da ich meine Arbeit als Ergotherapeut in der Gerontopsychiatrie immer gerne gemocht hatte. Meine Frau und ich hatten uns geeinigt, dass ich mit vierundsechzig in Rente gehen würde. Ich hatte mir um meinen Rentenbeginn im Vorfeld viele Gedanken gemacht. Würde es mir zu Hause nicht zu langweilig sein, mir meine Arbeit nicht fehlen, mein Selbstwertgefühl nicht darunter leiden, kein wichtiges Mitglied der Gesellschaft zu sein? Tja, und nun hatte ich die Sorge, mit einer ernsthaften Erkrankung in Rente zu gehen. Wer will denn so etwas? Mir fiel mein Kollege ein, der vor vier Monaten kurz vor der Rente an Bauchspeicheldrüsenkrebs gestorben war. Aber weg mit diesen angstbesetzten Gedanken! Ich versuchte, mich zu beruhigen. Diese Schwellung musste ja wirklich nicht das Schlimmste bedeuten. Ich würde am ersten Werktag des neuen Jahres zu meiner Hausärztin gehen und dann würde man weitersehen.

Die Untersuchung meiner Halsschwellung und die Recherche im Internet hatten Zeit gekostet. Doch ich kam rechtzeitig zur Arbeit.

Der letzte Arbeitstag

An diesem Morgen war ich sehr früh wachgeworden. Ich hatte schlecht geschlafen. Wegen des letzten Arbeitstages war ich sehr unruhig gewesen. Neunundzwanzig Jahre als Ergotherapeut in einem psychiatrischen Krankenhaus will schon was heißen. Ich musste noch vier Stunden arbeiten, da ich noch einige Überstunden hatte, die ich abfeiern wollte. Ich war jedoch unsicher, wie ich die Arbeitszeit strukturieren sollte, denn ich wollte sie für mich und die Patienten angenehm gestalten, hieß: Ich wollte für jeden alle Bedürfnisse erfüllen.

Klar war, dass die meisten Patienten der Depressionsstation Werktherapie bevorzugen würden, deshalb hatte ich im Vorfeld den Wochenplan schon so angelegt, dass für diese Station um zehn Uhr die Werkgruppe stattfinden würde. Was mir dabei etwas Sorge machte, war die Tatsache, dass ich elf Patienten in der Werkgruppe haben würde, die ich zu »bedienen« hatte. Viele Patienten, ungeübt in der Handhabung der Werktechniken, würden meine Hilfe einfordern. Ich war unsicher, wie sich die Werktherapie entwickeln würde, ich hatte Bedenken, dass ich nicht allen Patienten gerecht werden könnte.

Ich persönlich hätte gern eine Wahrnehmungs- und Gedächtnisgruppe durchgeführt. Ich hatte für mich jedoch die Option, dass ich am Nachmittag noch eine Gedächtnisgruppe anbieten und auf die Überstunden pfeifen könnte. Als ich morgens den Ergotherapieraum betrat, war mir aber schon klar, dass ich nur bis zum Mittag bleiben würde. Durch die Wartezeit, bis die Mittagspause der Patienten beendet sein würde, hätte ich zu viel Leerlauf und Zeit, um an meinem letzten Arbeitstag ins Grübeln zu kommen. Gerade der Gedanke einer eventuellen Krebserkrankung ließ mir keine Ruhe.

Auf der Dementenstation, die freitags um Viertel nach neun begann, hatte ich am Vortag entschieden, Dias zu zeigen. Doch merkte ich heute, dass ich Aversionen hatte, die Station zu betreten.

Meine Kollegin und ich hatten tags zuvor auf der Dementenstation eine Aktivierungsgruppe angeboten, bei der wir uns Geräusche angehört und zwei Übungen mit dem Thema Berufe durchgeführt hatten. Diese Gruppe war sehr gut gelaufen, es hatte Spaß gemacht, mit den Patienten zu arbeiten. Mein Gedanke war, dass es heute nur schlechter laufen könne. Ich würde die Gruppe alleine durchführen, was bei den dementen Patienten immer schwierig war und ich wollte mir heute keinen Frust mehr holen. Außerdem wollte ich niemandem vom Personal der Station über den Weg laufen. Jede Verabschiedung meiner Person hätte sich »falsch« angefühlt. Die Kontakte zum Pflegepersonal dort waren in den letzten Jahren eingeschlafen. Zusätzlich war viel neues Personal aufgetaucht, lang bekannte Personen sah man durch den Schichtdienst nur selten. Ich entschied daher, an meinem letzten Arbeitstag kein Gruppenangebot auf der Dementenstation anzubieten. Schade für die Patienten, doch heute standen meine eigenen Bedürfnisse deutlich im Vordergrund.

Als dies für mich entschieden war, fiel mir ein, dass heute keiner der Psychologen im Dienst war. Es würde also um neun Uhr auf der Depressivenstation keine Gesprächsgruppe stattfinden. Ich ging auf die Station und vergewisserte mich beim Pflegepersonal, dass ich mit meiner Vermutung richtig lag. Es stimmte. Von den Psychologen war keiner da. Kurzentschlossen ging ich in den Tagesraum, in dem die Patienten gerade am Frühstück saßen, sagte Guten Morgen und informierte sie darüber, dass am Vormittag zwei Gruppenangebote stattfinden würden. Sofort sagte Frau Holzberger: »Schön, dann machen wir zweimal Werkgruppe!«

»Nein, es finden eine Werkgruppe und eine Gedächtnisgruppe statt«, sagte ich, eigentlich überzeugt davon, dass sich die Patienten darüber freuen würden. Keiner reagierte, bis natürlich auf Frau Holzberger, die sagte: »Naja, ich habe nicht zu bestimmen.«

»So ist es«, war meine Antwort. »ich nahm an, es wäre schön für Sie, dass Sie an meinem letzten Tag zwei verschiedene Gruppenangebote haben würden.«

Keine Reaktion.

Schwester Pauli, die auch im Raum war und die Situation beobachtet hatte, meinte: »Die meisten Leute machen an ihrem letzten Tag gar nichts.«

Ich war ihr für ihre Unterstützung dankbar, auf ihre Bemerkung kam keine Reaktion von den Patienten. Nur Frau Möllig schaute mich mit einem fragenden Blick an, auf den ich keine Antwort hatte. Ich glaube, die Patienten waren von dem forschen Auftreten von Frau Holzberger eingeschüchtert und überfordert.

Als später die Werkgruppe begann, trudelten die Teilnehmer erst so nach und nach ein. Das lag daran, dass einige der Patienten einen Termin bei einem Internisten hatten, der sie hier in der Klinik untersuchte. Für mich war das jedoch gut, da zu Beginn der Werktherapien jeder Patient Hilfe benötigte. So verteilte sich meine Hilfestellung gleichmäßig und ich geriet in keine Stresssituation.

Als Frau Schillig, eine aus Russland stammende Migrantin, die wenig Deutsch sprach, erschien, verunsicherte sie mich. Denn sie brachte Schokolade, Bonbons, Mineralwasser und Becher für alle Patienten mit. Ich mag solche Situationen nicht, denn ich bin der Meinung, dass den Therapiestunden damit die Ernsthaftigkeit genommen wird. Ich wollte kein »Ringelpietz mit Anfassen«. Nach kurzer Überlegung ließ ich Frau Schillig jedoch gewähren. Das Verteilen der Getränke, das die Patientin in die Hand nahm, geschah ohne großes Aufheben und störte den Gruppenablauf nicht. Wie sich herausstellte, war die Schokolade für mich gedacht. Frau Schillig meinte, ich solle sie mir gleich in meine Tasche stecken. Ich dankte ihr sehr für das nette Geschenk.

Ich hatte die Schokolade gerade in meine Arbeitstasche gesteckt, als Frau Stiller an mich herantrat und um meine Adresse bat. Ich hatte noch nie einem Patienten meine Adresse gegeben. Dadurch wäre die »therapeutische Distanz« flöten gegangen und wer weiß, was dann sonst noch gekommen wäre. Mein Gehirn ratterte. Ich ging ja in Rente. War also nicht so schlimm mit der Adressenvergabe. Ich schnappte mir einen Zettel und schrieb der Patientin meine Adresse auf. Ich hatte gerade meinen Vornamen geschrieben, als mir klar wurde, dass mein Tun ein Fehler war. Frau Stiller war nämlich aus einem ganz bestimmten Grund in der Klinik. Sie hatte einen Beziehungswahn. Sie verfolgte ihren Gynäkologen mit diversen Briefen und Geschenken. Und ich schrieb ihr meine Adresse auf! Es gab nun kein Zurück mehr. Ich gab Frau Stiller den Zettel mit meiner Anschrift und hoffte einfach mal das Beste.

Insgesamt lief die Gruppe gut. Ich hatte zwar ständig zu tun, weil fast alle Patienten irgendwann Unterstützung brauchten, doch ging dadurch die Zeit schnell herum.

Als ich die Gruppe nach fünfundvierzig Minuten beenden wollte, gestaltete sich das etwas schwierig, denn einige der Gruppenmitglieder wollten partout nicht aufhören, an ihrem Werkstück zu arbeiten. Nach zehn Minuten hatte ich sie dann alle draußen und konnte fünf Minuten später mit dem Wahrnehmungs- und Gedächtnistraining beginnen. Die fünf Minuten reichten gerade aus, um den Raum für das Gedächtnistraining vorzubereiten. Erstaunlicherweise dauerte es nicht lange, bis alle Gruppenmitglieder anwesend waren.

Als Thema meines letzten Gedächtnistrainings in meinem Berufsleben hatte ich Tiere ausgesucht.

Das Thema, das ich am liebsten durchführte. Hatte mir schon immer viel Spaß gemacht. Und so war es auch heute. Es war eine sehr lebendige Gruppe mit guter Beteiligung fast aller Patienten. So, wie man sich als Therapeut eine Gruppe nur wünschen kann. Zur Verabschiedung stellte ich mich an die Tür und wünschte jedem Patienten alles Gute für die Zukunft. Als ich Frau Stiller die Hand gab, sagte sie: »Sie werden von mir hören.« In meinen Ohren klang das wie eine Drohung.

Doch habe ich nie wieder von ihr gehört oder sie gesehen.

Silvester feierten meine Frau und ich bei Freunden. Mir gelang es, meine Angst die meiste Zeit im Zaum zu halten.

Meiner Frau sagte ich nur, dass ich wegen einer Lymphknotenschwellung meine Hausärztin aufsuchen wolle. Über meine Sorgen sagte ich nichts. Warum die Pferde scheu machen?

Am 2. Januar 2019 saß ich dann in der Praxis der Vertretung meiner Hausärztin. Die Praxis meiner Hausärztin war über die Weihnachtsferien geschlossen, das hatte ich vergessen.

Die Vertretung war ebenfalls eine Ärztin. Sie nahm mir Blut ab, auch eine Urinprobe war fällig. Wegen der Ergebnisse solle ich am nächsten Tag noch mal kommen. Dass ich einen geschwollenen Lymphknoten hatte, war ersichtlich. Soweit traf meine Selbstdiagnose zu. Die Ärztin ging von einem Infekt aus, man müsse natürlich die Untersuchungsergebnisse abwarten.

Die Aussage der Ärztin beruhigte mich nicht, mir war diese einseitige Lymphknotenschwellung sehr suspekt. Um so mehr war ich auf das Untersuchungsergebnis gespannt. Leider brachte das keine Klarheit. Die Blutwerte lagen im Normbereich, die Urinuntersuchung hatte nichts erbracht. Die Ärztin meinte, immerhin hätte ich keinen Infekt. Was sie mir damit sagen wollte, weiß ich nicht. Ein Trost war das nicht. Mir wäre ein Infekt sehr lieb gewesen, denn das wäre die Erklärung für den vergrößerten Lymphknoten gewesen. Wenn die Schwellung nicht zurückgehen sollte, solle ich meine Hausärztin aufsuchen. Das hatte ich sowieso vor. Ich entschloss mich aber tatsächlich, die drei im Internet empfohlenen Wochen zu warten, bevor ich zu ihr gehen würde. Da eine Woche davon fast herum war, würde ich in zwei Wochen dort erscheinen.

Ich weiß nicht mehr genau, was ich in dieser Zeit gemacht habe. Ich bemühte mich jedenfalls, in mein neues Leben als Rentner hineinzukommen. Ich ging jeden Morgen im Ort eine Stunde spazieren. Ich genoss diese freie Zeit. So etwas war bisher nur im Urlaub oder am Wochenende möglich gewesen. Ansonsten schrieb ich an meinem Krimimanuskript, das ich Ende des letzten Jahres begonnen hatte. Und Lesen war natürlich angesagt. Jetzt tatsächlich auch tagsüber. Als ich noch im Arbeitsprozess gestanden hatte, hatte ich nur abends im Bett vor dem Schlafengehen gelesen. Was ich ganz bewusst vermied, war die Recherche im Internet über Lymphome oder andere Krebserkrankungen. Mindestens einmal pro Tag begutachtete ich die Schwellung am Hals. Sie verschwand nicht, ich hatte eher das Gefühl, das sie sich vergrößerte.

Als die besagten zwei Wochen herum waren, suchte ich meine Hausärztin auf und nahm die Untersuchungsergebnisse der Vertretung mit. Ich sagte ihr, dass ich die Beule vor drei Wochen bemerkt hätte und nun so lange gewartet hätte in der Hoffnung, dass die Geschwulst zurückgehen werde.

Meine Ärztin war der Meinung das tatsächlich eine bösartige Erkrankung Ursache der Halsschwellung sein könne.

Sie griff zum Telefon und machte mit dem Diagnostikzentrum Röntgen hier in der Stadt einen Termin aus, um ein MRT (Magnetresonanztomographie) durchführen zu lassen. Der Termin war direkt am nächsten Morgen. Das überraschte mich. Denn auf den letzten Termin, den ich bei dem Diagnostikzentrum wegen einer Schilddrüsenuntersuchung hatte, musste ich drei Wochen warten.

Am nächsten Morgen saß ich dann mit meiner Frau, die es sich nicht hatte nehmen lassen mitzukommen, im Diagnostikzentrum. Ich muss dazu sagen, dass Krebs ein schon belastetes Thema bei uns war. Meine Frau und ich hatten uns in einer Trauergruppe kennengelernt. Der erste Mann meiner Frau war an Nierenkrebs gestorben, meine erste Frau an der Blutung eines Hirnaneurysmas. Meine jetzige Frau und ich waren seit acht Jahren verheiratet, kannten uns mittlerweile dreizehn Jahre. Meine Frau war vor drei Jahren an einem bösartigen Melanom erkrankt. Es war entfernt worden, bisher war kein Rezidiv aufgetreten.

Wir hatten den vorigen Tag ausgiebig über die Situation gesprochen und waren uns sicher, dass ich Krebs hatte. Ich will damit sagen, dass wir gewappnet waren gegen das, was eventuell auf uns zukommen würde.

Das MRT war schnell beendet. Man bat uns zu warten. Eine Ärztin würde gleich mit uns sprechen. Ein sicheres Zeichen, dass die Sache ernst war.

Den Tod meiner Frau hatte ich immer noch deutlich vor Augen. Das würde wahrscheinlich so bleiben. Es geschah in Dänemark, während eines Urlaubs.

Langeland

Plötzlich stöhnte Karin laut, stürzte mit einem schweren Fall zu Boden und zuckte, als hätte sie einen epileptischen Anfall. Ich beugte mich zu ihr hinunter, nahm sie an den Schultern. Das Zucken hatte schlagartig aufgehört, doch Karin war nicht bei Bewusstsein. Ihre Pyjamahose hatte sie eingenässt. Merkwürdigerweise war dies für mich das Zeichen, dass die Sache ernst war. Gehängte nässten sich ein. Ich nahm sie an den Schultern, um sie aufzurichten. Da öffnete sie die Augen. „Oh Gott, ich habe schreckliche Kopfschmerzen ... ich bin ja ganz nass."

„Komm, ich helfe dir ins Bett. Leg dich hin. Ich rufe einen Krankenwagen."

Sie schaute mich an. „Ja, aber zieh mir erst einen anderen Schlafanzug an."

Ich reagierte so, dass ich sie stützte und aus dem Bad zu ihrem Bett führte. Sie legte sich hin und ich rief die Notrufnummer an, die in der Küche auf einem Zettel stand, der an ein Brett geheftet war. Es meldete sich eine Frauenstimme. Natürlich auf Dänisch, denn wir waren in Dänemark auf Urlaub. Da ich kein Dänisch konnte, blieb nichts anderes, als auf Deutsch zu antworten. Glücklicherweise verstand mein Gegenüber meine Muttersprache. Ich schilderte die Sachlage und die Frauenstimme sagte, sie würde einen Krankenwagen schicken. Als ich das Gespräch beendete, stand Silvia neben mir.

„Was ist los?" Silvia war Karins Freundin. Sie war mit uns dieses Jahr zusammen in Urlaub gefahren. Ich schilderte ihr kurz die Sachlage und sagte, sie solle bitte an die Straße gehen und den Krankenwagen in Empfang nehmen, damit dieser sicher den Weg zu uns finden würde. Wir befanden uns nämlich in einer etwas abgelegenen Feriensiedlung. Sicher war sicher. Das tat sie, sah aber natürlich vorher noch kurz nach Karin.

Ich ging zu Karin und half ihr in einen frischen Schlafanzug. Obwohl ihr das Umziehen durch das Aufrichten erhebliche Schmerzen bereitete, wollte sie das unbedingt.

Kurz darauf kamen die Sanitäter des Rettungswagens, untersuchten Karin kurz, hoben sie auf die Trage und trugen sie zum Wagen. Ich fuhr im Wagen mit, Silvia kam mit unserem Pkw hinterher.

Wir fuhren nach Rudköping, der größten Stadt der Insel Langeland, auf der wir unseren Urlaub verbrachten. Es war eine kleine Klinik, eher was für eine Notfallversorgung. Der Arzt, der mit uns sprach, war ein netter Mann. Er versuchte, uns so gut es ging zu beruhigen. Er veranlasste die nötigen Untersuchungen und das Warten begann.

Meine Frau Karin und ich waren zum siebten Mal zum Urlaub auf der dänischen Insel. Vor einigen Jahren waren wir mit Verwandten von Karin hier gewesen und die Landschaft hatte uns so gut gefallen, dass wir danach immer hierher fuhren. Silvia war schon einmal mit gewesen und hatte sich diesmal wieder angeschlossen. Wir waren erst den zweiten Tag hier. Wir waren guter Dinge, hatten uns auf den langersehnten Urlaub sehr gefreut und nun diese Nacht ... und dieser Schock.

Das Ereignis hatte sich durch nichts angekündigt. Als wir uns abends ins Bett legten, war noch alles in Ordnung. Nachts hatte Karin mich geweckt und gesagt, dass sie wahnsinnige

Kopfschmerzen hätte. Wir waren zusammen aufgestanden und in die Küche der Ferienwohnung gegangen. Wir hatten uns an den Küchentisch gesetzt, ich hatte Karin ein Glas Wasser gebracht und sie gefragt, ob sie eine Schmerztablette wollte.

„Das bringt nichts. Die Schmerzen sind so schlimm, eine Tablette wird da nicht helfen. Ich glaube, ich sterbe."

„So schnell stirbt man nicht", hatte ich geantwortet, obwohl ich merkte, dass mir die Angst die Worte fast abschneiden wollte.

„Hilf mir bitte ins Bad", sagte sie. „Ich muss zur Toilette". Dort war sie dann zusammengebrochen.

Als der Arzt auf uns zukam, sah ich seinem Gesicht schon an, dass er keine guten Nachrichten brachte. War nach diesem wirklich dramatischen Geschehen nicht zu erwarten gewesen.

Er sagte uns, dass Karin eine Hirnblutung erlitten hätte, die hier in der Klinik nicht zu behandeln sei. Sie würden Karin nach Odense verlegen, das war die Hauptstadt der Insel Fünen, etwa zwei Autostunden entfernt. Wir sollten dem Krankenwagen einfach hinterherfahren. Es war die längste Autofahrt meines Lebens. Die Ängste, die mich bewegten, waren schrecklich. Ich wollte die Vorstellung, dass Karin sterben könnte, nicht an mich heranlassen, doch gewann dieser Gedanke immer mehr die Oberhand.

Als wir dann endlich in Odense waren, war mir mit erschreckender Klarheit bewusst, dass das Leben meiner Frau auf Messers Schneide stand. Als Ergotherapeut, medizinisch nicht unerfahren, wusste ich, dass eine Hirnblutung in vielen Fällen das Todesurteil war. Die Frage war einfach, wie schwer die Hirnblutung bei Karin war. Vielleicht hatten wir Glück.

Sie wurde direkt nach Einlieferung in die Klinik zur Operation vorbereitet. Sie war ansprechbar, aber verwirrt. Ihr war bewusst, dass sie in einer Klinik war und operiert werden sollte. Sie nahm an, dass wir einen Autounfall gehabt hätten und nur sie verletzt worden sei. Sie war sehr unruhig und hampelte in ihrem Bett herum. Ich sagte ihr, dass sie eine Hirnblutung gehabt hätte und sie um Gottes willen nicht so rumzappeln solle, um sich nicht zu gefährden. Doch sie hörte nicht. Ich war froh, als sie endlich zur Operation abgeholt wurde und hoffte einfach das Beste.

Die Operation dauerte drei Stunden, dann kam Karin auf die Intensivstation. Man hatte sie in ein künstliches Koma versetzt, um ihre Überlebenschancen zu verbessern. Ich saß fünf Tage an ihrem Bett, sprach mit ihr, massierte ihre Füße, hielt ihre Hand. Dann starb sie.

Zurück zur MRT-Untersuchung. Meine Frau und ich gingen in den ersten Stock und setzten uns dort ins Wartezimmer. Ich sah meiner Frau an, wie angespannt sie war. Ich war es nicht weniger. Es war eigentlich klar, was da auf uns zukam. Die

Frage war, wie groß das Ausmaß dessen war sprich, welche Art Krebs es war und in welchem Stadium er sich befand. Dass es etwas anderes als Krebs sein könnte, glaubte keiner von uns.

Glücklicherweise mussten wir nicht lange warten, die Tür öffnete sich und eine schlanke Frau im mittleren Lebensalter bat uns herein. Wir nahmen vor einem großen Schreibtisch Platz, die Ärztin stellte sich vor, nahm die MRT-Aufnahmen zur Hand und erläuterte das Untersuchungsergebnis.

Man könne auf dem Bild auf der linken Seite des Halses einen vergrößerten Lymphknoten und ein größeres Lymphknotenpaket erkennen, das aus mehreren vergrößerten Lymphknoten bestand.

Sie würde mir empfehlen, in die Klinik zu gehen, um klärende Untersuchungen durchführen zu lassen. Ich sei aller Wahrscheinlichkeit nach an einem Lymphom erkrankt. »Es fällt mir nicht leicht, Ihnen das zum Wochenende hin mitzuteilen, doch man muss den Tatsachen ins Auge sehen.«

»Wir haben uns sowieso schon gedacht, dass ich eine Krebserkrankung habe«, erwiderte ich. »Mir geht es jetzt darum, schnell zu handeln.«

Sie erwiderte: »Ich kann Ihnen gleich einen Termin in der hämatologischen Ambulanz der Klinik machen. Dann geht es voran.«

Ich nickte nur. Die Ärztin griff zum Telefon und wenige Augenblicke später hatte ich meinen Termin. Er war direkt am kommenden Montag. Bitter, dass noch das Wochenende dazwischenlag. Ich wäre am liebsten gleich in die Klinik gefahren.

Das galt es jetzt auszuhalten. Meine Befürchtungen hatten sich bewahrheitet. Auf der einen Seite war ich geschockt, auf der anderen Seite war ich froh, dass es vorwärtsging.

Das Wochenende hatte ich Zeit, mich mit der Verdachtsdiagnose auseinanderzusetzen. Das Internet gab da viel her.

Lymphom bedeutete ja nichts anderes als »Lymphknotenschwellung«. Bei dem so genannten Lymphdrüsenkrebs war das gesamte Lymphsystem des Körpers betroffen. Lymphome wurden unterteilt in Hodgkin-Lymphome und Non-Hodgkin-Lymphome. Von diesen gab es nun weitere Unterarten. Die Hodgkin-Lymphome hatten eine gute Prognose. Sie ergab eine Fünf-Jahres-Überlebensrate von 90 %. Das hörte sich gut an. Bei den Non-Hodgkin-Lymphomen sah es anders aus. Sie wurden in eine B-Zell-Linie (80 % der Lymphome) und eine T-Zell-Linie (20 % der Lymphome) unterteilt. Bei der B-Zell-Linie lag die Fünf-Jahres-Überlebensrate bei 80 %. Auch gut. Bei der T-Zell-Linie wurde noch mal zwischen ALK-negativen und ALK-positiven Lymphomen unterschieden. ALK-negativ oder ALK-positiv bezog sich auf eine Veränderung des ALK-Gens. Die ALK-positiven Lymphome hatten eine Überlebensrate von 60 %, die ALK-negativen von nur 36 %. Das war schon weniger gut.

Es gab noch andere spezielle Formen von Lymphomen, die, wie alle Lymphome, individuelle Behandlungen benötigten.

In meinen weiteren Überlegungen schloss ich ein Lymphom der T-Zell-Linie aus, da sie zu den seltenen Lymphomen zählten.

Das hieß also, dass ich ganz gute Chancen hatte, die Angelegenheit zu überleben, da das Hodgkin-Lymphom 90 % und das Non-Hodgkin-Lymphom der B-Zell-Linie 80 % Überlebensrate versprach. Bemerken sollte ich noch, dass es hieß, die Non-Hodgkin-Lymphome seien gut zu behandeln, da durch das aggressive schnelle Wachstum der Zellen diese gut auf Chemotherapie ansprachen. Ich fand das etwas widersprüchlich, da es ja die T-Zell-Lymphome (Non-Hodgkin-Lymphome) gab, die eine schlechte Prognose hatten. Ich nahm das einfach mal so hin.

Die Mehrzahl der Lymphome wurden mit Chemotherapie behandelt. Ich musste also letztendlich die Chemotherapie überstehen und konnte dann in Ruhe weiterleben. Ich denke, diesen Versuch des Schönredens kann man mir verzeihen. Gut, dass ich dieses Wochenende noch nicht wusste, dass der Verlauf meiner Krebserkrankung ereignisreicher und komplizierter verlaufen würde, als ich mir dachte. Der Versuch, die Situation so anzunehmen, wie sie war, war schwer genug.

2. Unklare Diagnose

Montagmorgen war ich recht aufgeregt. Wir waren schon früh in der Klinik, trotzdem war der Wartebereich sehr bevölkert. Bei der Anmeldung verwies man uns, wegen der Einweisungsdiagnose in die Hals-Nasen- und Ohrenklinik. Das Einzige, an das ich mich erinnern kann, ist, dass dort die Lymphknoten abgetastet wurden, Blut abgenommen und mein Rachen mit einem Laryngoskop untersucht wurde. Es war sehr unangenehm dieses kalte, starre Metallinstrument in den Schlund eingeführt zu bekommen. Grund dieser Untersuchung war, wie man uns sagte, der Verdacht auf Kehlkopfkrebs, der durchaus auch Ursache für die Schwellung der Lymphknoten im Halsbereich sein konnte. Das war mir bei meiner Suche im Internet entgangen. Es hatte für mich keinen Hinweis gegeben, der auf diese Art von Krebs hingedeutet hätte.

Wie mir eine der untersuchenden Ärztinnen aber mitteilte, war es sehr wahrscheinlich ein Lymphom, das da in meinem Hals wuchs.

»Machen Sie sich keine Sorgen, das lässt sich gut behandeln«, sagte sie. Damit war ich wiederum etwas beruhigt. Aber nicht lange. Später sollte die Angst wiederkehren. Die nächsten Wochen und Monate sollte ich dieses Wechselbad der Gefühle oft erleben.

Die Ärztin überwies mich in dann in die Hämatologie, wo ich ursprünglich ja hinsollte.

Dort traf ich auf eine Frau Dr. Behl, die mich Monate später bei der Nachsorge betreuen sollte. Sie führte eine körperliche Untersuchung durch, bestätigte die Diagnose eines Lymphoms und bestellte mich zur Einweisung in die Hämatologie drei Tage später. Es seien vor der Therapie einige Untersuchungen vonnöten. So sei beispielsweise eine Punktur des Knochenmarks nötig, dass zwar schmerzhaft sei, aber unumgänglich, da untersucht werden müsse, ob das Knochenmark von Krebszellen befallen sei. Ich hatte darüber im Internet gelesen und hatte schon genug Bammel davor. Sie hätte nicht unbedingt erwähnen müssen, dass dieser Vorgang mit Schmerzen verbunden sei.

Am nächsten Tag holte ich mir die Einweisung für die Klinik bei meiner Hausärztin und besorgte mir einige Bücher aus der Stadtbücherei zum Thema Krebs und Chemotherapie. Ich hätte das lassen sollen, denn die Beschäftigung mit dieser Problematik schürte nur meine Ängste an. Ich weiß nicht, wie ich das hätte verhindern können, denn mein Wunsch nach Information war riesengroß.

Den Donnerstag drauf wurde ich auf Station 21B aufgenommen. Es gab an der Klinik drei onkologische Stationen. Auf 21A und 21B wurden alle Formen von Krebserkrankungen behandelt, Station 116 war für alle hämatologischen Erkrankungen vorgesehen. Zusätzlich gab es noch die IAC (Interdisziplinäre ambulante

Chemotherapie), wo die meisten Chemotherapien durchgeführt wurden.

Ich war ja aufgenommen worden, damit die Voruntersuchungen durchgeführt werden konnten. Dass das ein psychisches Martyrium werden sollte, wusste ich da noch nicht. Zunächst wurde Blut abgenommen, ein Zugang mussten gelegt und ein Anamnesebogen ausgefüllt werden. Ich befand mich während dieser Vorgänge im Aufenthaltsraum der Station. Mir fiel sofort ein Schild ins Auge, auf der die Spender zum Bau dieses Aufenthaltsraumes aufgelistet waren. Der Name eines meiner Cousins stand an erster Stelle der Spenderliste. Mir fiel ein, dass er hier als Patient gewesen war.

Mein Cousin Helmut war fünfundreißig Jahre alt, als er sich seinen großen Wunsch eine Lebensmittelfiliale zu leiten, erfüllen konnte. Zur gleichen Zeit heiratete er und war, wie er sagte, der glücklichste Mensch auf Erden. Kaum verheiratet, klagte er über Schmerzen im Bauchraum, zeitweise konnte er sein Essen nicht bei sich behalten. Er und seine Familie waren sofort besorgt, dass eine ernsthafte Krebserkrankung dahinterstecken könnte. Der Vater von Helmut war mit fünfundfünfzig Jahren an Bauchspeicheldrüsenkrebs gestorben und die behandelnden Ärzte hatten meinen Cousin und seinen Bruder darauf aufmerksam gemacht, dass sie gefährdet seien, dieselbe Erkrankung zu bekommen. Bei Helmut wurden die entsprechenden Untersuchungen anberaumt und tatsächlich Bauchspeicheldrüsenkrebs diagnostiziert. Ein Teil der Drüse wurde entfernt, die entsprechende Chemotherapie wurde durchgeführt. Man riet ihm, sich zu schonen, aber er hatte gerade die Lebensmittelfiliale eröffnet und wollte sich seine neue Arbeit nicht nehmen lassen. Er arbeitete also im Geschäft so gut er konnte. Seine Frau, die ebenfalls als gelernte Einzelhandelskauffrau mitarbeitete, unterstützte ihn dabei.

Ich hatte zu dieser Zeit wenig Kontakt zu Helmut, andere Verwandte hatten mich aber über seine Erkrankung informiert.

Ich wusste, dass die Chance, Bauchspeicheldrüsenkrebs zu überstehen, sehr gering war. Eine Tante meiner verstorbenen Frau war daran erkrankt und gestorben. Sie starb innerhalb eines halben Jahres. Für die Familie der Tante war das damals sehr schrecklich gewesen. Ihr jüngster Sohn war während eines ihrer Krankenhausaufenthalte während einer Lungentransplantation gestorben. Er hatte seit seiner Geburt ein Loch in der Herzwand, wurde dadurch schlecht mit Sauerstoff versorgt. Ich kannte ihn nur mit blau verfärbten Lippen, ein Symptom der Zyanose, also des Sauerstoffmangels. Als er vierunddreißig wurde, war das Herz so geschwächt, dass eine Herztransplantation vorgesehen war. Um diese durchzuführen zu können, musste aber erst die Lunge transplantiert werden. Er würde die Herzverpflanzung sonst nicht überleben. Der

Austausch der Lunge war mit einem hohen Risiko verbunden. Er überlebte ihn auch nicht. Ich mag mir gar nicht vorstellen, wie schrecklich es für die Tante meiner Frau gewesen sein muss, ihren Sohn in dem Wissen zu beerdigen, selbst sterben zu müssen. Meine Frau und ich hatten sie kurz vor ihrem Tod in der Klinik besucht. Sie war bis auf die Knochen abgemagert. Das Schlimmste für mich war zu sehen, wie dieses lebende Gerippe aufstand, um zur Toilette zu gehen. Ein Bild, das ich nie vergessen werde.

Doch zurück zu meinem Cousin. Ich traf ihn bei einer Geburtstagsfeier eines Onkels. Es mag ein Dreivierteljahr nach der Diagnosestellung gewesen sein. Ihm waren durch die Chemotherapie die Haare ausgefallen und er hatte sehr abgenommen. Er war jedoch guter Stimmung und erzählte, dass es ihm gut ginge. Ich ließ mich dadurch täuschen und nahm an, dass er zu den Fällen gehörte, die wunderbarerweise diese Erkrankung überstanden hatten. Obwohl ich von solchen Fällen noch nie gehört hatte. Wohin Wunschdenken so führen kann.

Drei Monate später traf ich ihn wieder, als ich seine Mutter besuchte. Er bestand nur noch aus Haut und Knochen und war sehr schwach. Er arbeitete nicht mehr, war zu Hause und wartete auf den Tod. Sagte er.

Ich war geschockt. Ich hatte nicht gewusst, dass es ihm mittlerweile so schlecht ging. Er hatte sich um einen Platz in einem Hospiz gekümmert. Zwei

Wochen später zog er dort ein und starb schon am nächsten Tag. Seit dem Bekanntwerden der Erkrankung war ein Jahr vergangen. Wie mir meine Tante bei der Beerdigung sagte, hätte der behandelnde Arzt gesagt, Helmut hätte das so lange geschafft, weil ihm seine Arbeit wichtig gewesen sei. Sonst wäre er schon früher gestorben.

Und nun stand sein Name hier auf einer Spenderliste für den Aufenthaltsraum einer Krebsstation und ich war in den Genuss gekommen, diesen Aufenthaltsraum nutzen zu können. Das Leben trieb schon merkwürdige Blüten.

Am Nebentisch saßen zwei junge Männer, denen man ansah, wo man sich befand. Keiner von ihnen hatte auch nur ein Haar auf dem Kopf, selbst die Augenbrauen fehlten. Nicht eine Spur von Bartwuchs war zu erkennen. Wie es aussah, wurde einer von ihnen entlassen. Er hatte einen Rollkoffer neben sich stehen und es schien, als würde er jemanden erwarten. Er schaute nämlich oft zur Eingangstür.

Plötzlich öffnete sich diese, eine ältere Frau stürmte herein, ein gleichaltriger korpulenter Mann folgte ihr. Die Frau stürzte auf einen Pfleger zu, der gerade aus dem Stationszimmer kam, das gegenüber lag. Sie schrie ihn fast an: »Vielen Dank für alles. Dr. Krämer sagte uns gerade, dass mein Mann als geheilt gilt. Als geheilt!«

Sie dankte dem Pfleger nochmals, der verdutzt dastand. Der korpulente Mann nickte nur bestätigend. Er und seine Frau verschwanden so plötzlich, wie sie erschienen waren. Mir sagte die Szene nur, dass es Erfolge gab.

Nach einer kurzen Wartezeit wurde ich auf mein Zimmer gebracht. Ein zirka siebzigjähriger Mann lag dort in einem Bett, neben dem an einem Infusionsständer mehrere Beutel mit Flüssigkeiten hingen.

Er sagte, er sei der Karl, habe Lungenkrebs, würde palliativ behandelt, es würde für ihn also keine Heilung geben. Was mich hierher führen würde, wollte er noch wissen. Diese überfallartige Offenheit wollte mich erst sprachlos machen, doch dann gab ich ihm bereitwillig Auskunft. Ich hatte das Gefühl einer Verbundenheit. Wir hatten beide eine Erkrankung, die zum Tod führen konnte. Bei ihm war es sogar gewiss. Dieses Verbundenheitsgefühl verspürte ich übrigens mit fast allen Leidensgenossen, die ich in der nächsten Zeit kennenlernte.

Ich hatte gerade meinen Schrank eingeräumt, da kam der Arzt, der mir das Blut abgenommen hatte, ins Zimmer und kündigte mir für nachmittags die Knochenmarkpunktion an. Naja, nun ging es also los mit den unangenehmen Sachen.

Über die Punktion hatte ich mich (wieder mal) im Internet schlaugemacht. Sollte eine schmerzhafte Angelegenheit sein. Die Ärztin in der Chemoambulanz hatte mich auch darauf hingewiesen. Da harrte ich mit Bangen der Dinge, die da kommen sollten.

Es war dann kurz nach dem Mittagessen, als der Arzt mit seinen für die Punktion nötigen Utensilien erschien. Er breitete sie auf der Platte des Nachttischschränkchens aus. War eine Menge Verpackungsmaterial, was da anfiel, musste ich merkwürdigerweise denken. Das Knochenmark sollte aus dem Beckenkamm entnommen werden. Das war mir lieber als aus dem Brustbein. Das wäre die andere Variante gewesen. Stellte ich mir schlimmer vor als die Beckenpunktion.

Ich musste mich auf den Bauch legen, die Hose etwas herunterziehen, damit der Arzt gut an den Beckenkamm kam. Er kündigte mir dann an, dass es trotz der lokalen Betäubung schmerzen würde, wenn ein kleines Stück Mark mit der Punktionsnadel angesaugt würde. »Ich habe noch keinen Patienten gehabt, der nichts gespürt hat«, sagte er mit einem Lächeln.

Er gab mir dann die Spritze zur örtlichen Betäubung und nahm die Punktion vor. Ich war angespannt wie eine Bogensehne und wartete auf den Schmerz ... doch der kam nicht. Ich spürte überhaupt nichts.

Der Arzt fragte: »Na, hat ganz schön wehgetan?« Ich verneinte und er schaute mich erstaunt an. Er hat mir sicher nicht geglaubt.

Das Befundergebnis kam zwei Tage später. Es gab keinen Hinweis auf Krebszellen im Knochenmark. Immerhin eine positive Nachricht. Ich war wirklich erleichtert. Das musste ja nicht sein. Mir reichte es auch so.

Gegen Abend erschien dann ein Dr. Kaufmann bei mir, um sich vorzustellen. Er war als Behandler für mich zuständig. Ich schätzte ihn auf Anfang dreißig. Glücklicherweise machte er einen sympathischen Eindruck auf mich. Gut so, wäre nicht so toll gewesen, wenn der für mich verantwortliche Arzt mir unangenehm gewesen wäre.

Er teilte mir mit, was die weiteren Tage passieren würde. Am nächsten Morgen hatte ich einen Termin in der Hals- Nasen- und Ohrenklinik. Dort würde eine Punktion des Lymphoms vorgenommen, das gewonnene Material würde untersucht werden. Das Lymphom müsse genau klassifiziert werden, um es gezielt behandeln zu können.

Es könnte jedoch der Fall sein, dass die Lymphknotenschwellungen durch einen so genannten Primärtumor verursacht seien. Das Lymphom könnte also beispielsweise ein Symptom eines Rachen- oder Lungentumors sein. Die Fachleute glaubten dies zwar nicht, aber ganz ausschließen könne man das auch nicht. Es wäre gut, das zu untersuchen. Die Termine dieser weiteren Untersuchungen würde ich noch bekommen.

Ich hatte ja nun mit dem Gedanken an ein Lymphom etwas »Ruhe« gefunden. Diese neuen Mitteilungen zogen mir neuerlich den Boden unter den Füßen weg. Alles was mich beherrschte, waren Unsicherheit und Angst.

3. Primärtumorsuche

Am nächsten Morgen saß ich dann im Wartebereich der HNO-Klinik und wartete auf die geplante Punktion. Ich kann mich noch erinnern, dass ich lange dort saß und die Punktion sehr schmerzhaft und blutig war. Zusätzlich entzündete sich die Wunde, eine lästige Begleiterscheinung für die nächsten zwei Wochen. Nun hieß es, auf das Ergebnis der Untersuchung zu warten. Aber meine Zeit war ausgefüllt. Nachmittags musste ich zum Ultraschall der Hoden. Das Lymphom konnte auch ein Ableger eines Hodentumors sein. Der Ultraschall war natürlich eine harmlose Angelegenheit. Das Ergebnis teilte man mir gleich mit. Immerhin. Es gab keinen Hinweis auf Hodenkrebs.

Der Mitarbeiter des Hol- und Bringedienstes, der mich vom Ultraschall abholte, um mich wieder auf die Station zu bringen, staunte nicht schlecht, als ich ihn mit den Worten: »Mist, ich habe keinen Hodenkrebs«, begrüßte. Er verstand das aber, als ich ihn aufklärte, dass mir der untersuchende Arzt offeriert hatte, dass Hodenkrebs leicht zu behandeln sei und die Heilungsaussichten hoch waren. Und wirklich: Wenn es möglich gewesen wäre, mir meinen Krebs auszusuchen, ich hätte den Hodenkrebs gewählt. Die Lymphomsache war mir einfach zu suspekt.

Am nächsten Tag hatte ich einen Termin in der Hautklinik. Verdachtsdiagnose nun ein bösartiges

Melanom. Tja, genug sogenannte Muttermale, medizinisch Nävi, hatte ich ja. Was dazu kam, war die Tatsache, dass ich durch die Medikamente, die ich wegen meiner, schon erwähnten, Colitis ulcerosa einnahm, ein erhöhtes Risiko hatte, an einem Melanom zu erkranken. Diesmal untersuchten mich gleich zwei Ärzte. Sie schauten sich die diversen Muttermale an meinem Körper an. Eines an meinem Kopf schien ihnen verdächtig. Sie hatten kein Problem damit, es direkt herauszuschneiden und zur Untersuchung einzuschicken. Ich habe weiter nichts dazu gesagt, ich fühlte mich von der Gesamtsituation überfordert. Wie sich später herausstellte, hatte ich kein Melanom, doch die Untersuchungsergebnisse dazu tauchten nie auf, sie blieben verschollen. Das fiel nur mir auf. Von den Behandlern erwähnte es keiner mehr. Das nur nebenbei.

Am darauffolgenden Tag kam dann endlich das Untersuchungsergebnis des Lymphomgewebes. Demnach hatte ich ein Anaplastisch-großzelliges ALK-negatives T-Zell-Lymphom, Stadium 1A, Lymphknoten zervikal links: undifferenzierter maligner Tumor, CD30 positiv. Dr. Kaufmann unterbreitete mir das mit ruhiger Stimme. Ja, das wäre die Diagnose, man könne aber noch nicht mit der Therapie beginnen, es müsse noch ein Referenzgutachten abgewartet werden, das in Auftrag gegeben sei, um die Diagnose zu bestätigen.

Was mich im Moment am meisten schockte, war die Tatsache, dass ich ein T-Zell-Lymphom hatte. Ich hatte auf anderes gehofft. Aber nicht auf das Lymphom, bei dem man nur eine Chance von 36 % besaß, die Angelegenheit zu überstehen. Aber es war nun mal so. Ich glaubte nicht, dass das Referenzgutachten etwas anderes ergeben würde.

Positiv war, wie mir Dr. Kaufmann erläuterte, dass ich mich im Stadium 1A befand, also ganz am Anfang der Erkrankung. Das war mir eigentlich schon durch vorherige Ultraschalluntersuchungen bekannt, da keine vergrößerten Lymphome im Brust- Bauch- und Leistenbereich vorhanden waren. Der Tumor war CD30 positiv. Das hieß, dass auf der Tumoroberfläche die Eiweißstruktur CD30 nachweisbar war. Und das war tatsächlich positiv für mich. Man konnte daher den Tumor zusätzlich zur Chemotherapie mit Antikörpern behandeln.

»Mit dieser Behandlung gewinnen sie auf jeden Fall ein Jahr«, war der Kommentar von Dr. Kaufmann dazu. Für mich ein Grund von verhaltener Freude.

ALK-negativ bezog sich auf eine bestimmte genetische Veränderung in den Tumorzellen. Diese Veränderung war Hauptursache für die schlechte Prognose. ALK-positive Tumore bedeuteten eine höhere Chance zur Heilung.

Als ich meine Angst wegen der Tatsache, dass ich ein T-Zell-Lymphom hatte und damit eine schlechte Prognose, meinte der Arzt: »Ich verstehe Ihre Angst. Es ist richtig, es ist eine ernste Prognose. Aber das T-Zell-Lymphom ist immer noch ein Non-Hodgkin-Lymphom und diese lassen sich gut behandeln. Das vergessen Sie bitte nicht.«

Er hatte mir das schon mal erklärt. Die T-Zell-Lymphome waren sehr aggressiv, sie wuchsen sehr schnell. Durch dieses schnelle Wachstum waren die Zellen durch die Chemotherapie sehr angreifbar und ließen sich zurückdrängen. Das war eine Tatsache. Ich nahm diesen für mich widersprüchlichen Sachverhalt hin, einerseits eine schlechte Prognose und andererseits eine gut behandelbare Erkrankung. Was blieb mir denn?

Negativ war in jedem Fall jetzt das Warten auf das Referenzgutachten. Wie mir Dr. Kaufmann sagte, könne das dauern. Und obwohl man jetzt mit hoher Wahrscheinlichkeit die Diagnose hätte, würde man die Suche nach einem Primärtumor fortsetzen. Für den nächsten Tag war eine Magenspiegelung vorgesehen. Es galt, Magenkrebs auszuschließen.

Ich habe das damals alles über mich ergehen lassen. Mir sollte geholfen werden, das war alles.

Ich muss sagen, dass mich diese Suche nach dem Primärtumor psychisch sehr belastete. Sicher war es meine eigene Schuld, dass ich vor jeder neuen Untersuchung mit meinem Smartphone im Internet nach Informationen über die entsprechende Krebsart suchte. Das vergrößerte nur meine Angst, weil wenig Positives dabei herauskam. Wie auch, es ging um Krankheiten, die den Tod bringen konnten.

Das Warten auf das Gutachten machte mich sehr ruhelos. Ich wollte, dass man endlich mit der Therapie beginnen würde. Denn das Lymphom an meinem Hals wurde von Tag zu Tag größer. Das war keine Einbildung, sondern Tatsache. Unbehandelt führte ein T-Zell-Lymphom innerhalb weniger Monate zum Tod. Das stand mir Tag für Tag vor Augen.

Meine Frau kam jeden Tag und besuchte mich. Sie machte das gegen Abend, da war sicher, dass keine Untersuchungen anstanden. Einmal besuchte mich meine Frau mit meinem ältesten Stiefsohn, seiner Frau und der weiter entfernt lebenden Stieftochter. Ich freute mich über den Besuch, doch erlebte ich es als sehr belastend, über meine Erkrankung zu reden. Am Schlimmsten war es, als die Sprache auf die beiden jüngsten Enkel kam, der eine fünf der andere zwei Jahre alt. Ich musste weinen. Falls ich sterben sollte, würde das ein harter Abschied werden. Aber diese Gefühle verschwanden wieder. Die freie Zeit, die ich zwischen den Untersuchungen hatte, versuchte ich mit Lesen zu überbrücken, falls ich mich nicht mit Karl unterhielt. Es gelang mir nicht, mich auf das geschriebene Wort zu konzentrieren. Ich versuchte es mit einem Hörbuch via Smartphone, auch da konnte ich dem Geschehen nicht folgen. Am Bett befand sich für jeden Patienten ein kleiner Fernsehapparat. So sah ich Fernsehen, kapierte aber eigentlich nicht wirklich, was ich da sah. Doch immerhin hatte ich ablenkende Bilder vor mir.

Ich versuchte, mich innerlich auf die Magenspiegelung vorzubereiten. Meine Gedanken dazu wurden jedoch von einer Krankenschwester unterbrochen, die mir mitteilte, dass ich zum Ultraschall des Herzens und der Nieren müsste. Der Transportdienst dafür sei bestellt und müsste gleich kommen.

Dr. Kaufmann hatte mir in einem unserer Gespräche mitgeteilt, dass diese beiden Organe untersucht werden müssten, um festzustellen, ob ich körperlich in der Lage sei, die zu erwartende Chemotherapie zu überstehen. Ich war immerhin vierundsechzig Jahre alt, ein kritisches Alter für bestimmte Chemotherapien, wie Kaufmann gesagt hatte.

Die Angst vor der Möglichkeit, nicht fachgerecht behandelt werden zu können, hatte ich bisher erfolgreich verdrängt. Gerade was meine Nieren betraf, hatte ich Bedenken. Ich hatte schon seit Jahren, bedingt durch einen schlecht eingestellten hohen Blutdruck, eine leichte Niereninsuffizienz. Später bekam ich gegen die Symptome meiner Colitis ulcerosa ein Medikament, das die Nieren weiter schädigte. Ich musste natürlich regelmäßig zur Kontrolle der Nierenwerte. Das Medikament wurde nach der Feststellung der Folgeschäden abgesetzt. Meine

Colitis verschlechterte sich dadurch aber keinesfalls. Das Medikament mit Namen Azavant hatte also, was meine Colitis betraf, keinen Erfolg gezeigt, sondern nur meine Nieren geschädigt. Medikamente halfen also nicht immer.

Den Ultraschall von Herz und Nieren hatte ich schnell hinter mir, das Ergebnis bekam ich direkt mitgeteilt. Fit genug für die Chemotherapie. Ein echter Grund zur Freude. Wohin einen das Leben doch so führt, um über so etwas Freude empfinden zu können.

Da die Magenspiegelung unter einer leichten Narkose durchgeführt werden sollte, karrte man mich am nächsten Morgen im Bett liegend in die betreffende Abteilung.

Man hatte mir keine Unterlagen mitgegeben und der untersuchende Arzt fragte mich nun, weshalb ich da sei. Ich sagte ihm, dass man nach einem Primärtumor suchen würde, um hinter die eventuelle Ursache der vergrößerten Lymphknoten zu kommen. Er wollte wissen, welche Symptome sich denn bei mir zeigen würden, die auf Magenkrebs hindeuten würden. Ob ich Magenschmerzen oder eine Refluxerkrankung hätte. Als ich das verneinte und ihm sagte, dass ich noch nie Probleme mit dem Magen gehabt hätte, wurde er etwas ungehalten. Was das denn solle, wollte er wissen? Ich hätte keine Symptome und er solle eine Magenspiegelung vornehmen? Das sei absurd. Er rief auf der Station an, wo er wohl die entsprechenden Hinweise bekam, denn er nahm, ohne noch ein Wort zu verlieren, die Magenspiegelung in Angriff.

Es dauerte einige Zeit, bis ich aus der Narkose erwachte. Man machte mir die freudige Mitteilung, dass keine Hinweise auf Magenkrebs zu finden gewesen seien. Ich hätte aber eine Magenschleimhautentzündung. Darüber war ich sehr erstaunt, da ich noch nie irgendwelche Beschwerden diesbezüglich gehabt hatte.

Dr. Kaufmann teilte mir am selben Abend mit, dass ich nochmals zur Begutachtung in die HNO müsse. Auf meinen Hinweis, dass ich dort schon untersucht worden sei, sagte er, das sei eine allgemeine Eingangsuntersuchung gewesen. Nun wolle man aber gezielt auf Kehlkopf- oder Rachenkrebs hin untersuchen. Langsam reichte es mir! Wann war denn dieses Martyrium des Suchens endlich beendet? Doch ich nickte ergeben.

4. Angst vor Rachen-OP

Also saß ich am nächsten Morgen wieder in der HNO-Klinik. Im Wartebereich waren eine Menge Leute. Ich rechnete mit einer langen Wartezeit. Ich sollte mich täuschen. Es ging relativ schnell. Man machte wieder eine Ultraschalluntersuchung des Halses und in den Rachen wurde wieder dieses scheußliche Laryngoskop eingeführt. Kalt und hart. Eine meines Erachtens noch sehr junge Ärztin meinte, sie könne da irgendetwas im Rachen sehen, das da nicht hingehöre. Das müsse man näher untersuchen. Das sei eine etwas komplizierte Angelegenheit, aber nötig. Sie bat einen zweiten Arzt, nochmals in meinen Rachen zu schauen. Mit unsicherer Stimme bestätigte er ihre Meinung. Keine Ahnung, ob sie seine Vorgesetzte war, mich überzeugte die Situation keineswegs.

Zu mir sagte sie, dass man bis in den Anfang des Lungenraumes Einblick gewinnen müsse. Daher sei eine Operation mit Vollnarkose nötig. Man müsse auch Gewebe entnehmen.

Ganz ehrlich. Ich glaubte ihr nicht. Diese Frau täuschte sich. Es war aber nichts zu machen. Die Ärztin griff zum Telefon und leitete alles in die Wege. Für nächste Woche Dienstag machte sie den OP-Termin fest. Am kommenden Freitag musste ich zum Anästhesiegespräch.

Ich war platt. Ich wusste nicht, was ich sagen sollte. Und genau dieser Termin machte mir eine solche Angst, wie ich sie bisher noch nie empfunden hatte. Ich hatte schon Operationen mit Vollnarkose hinter mir. Ohne Komplikationen. Stopp! Stimmt nicht. Vor etlichen Jahren wurden Polypen im Nasenbereich entfernt und die Nasenscheidewand begradigt. Mir war es durch eben diese Polypen und eine schiefe Nasenscheidewand nicht möglich gewesen, durch die Nase zu atmen. Das machte enorme Probleme beim Schlafen.

Jedenfalls erwachte ich nach dieser OP aus der Narkose und konnte mich nicht rühren. Es ließ sich kein einziger Finger bewegen. Hören konnte ich alles. Ich hörte, wie einer der Ärzte zu mir sagte: »Legen Sie mal das rechte Bein über das linke.«

Ich versuchte es, aber es gelang mir nicht. Gleichzeitig merkte ich, dass ich keine Luft bekam. Ich versuchte tief einzuatmen, es funktionierte nicht. Die Ärzte redeten miteinander, merkten nicht, was mit mir los war. Ich lag da, die Luft wurde immer knapper, ich bekam Todesangst. Ich weiß noch, dass ich dachte, ich liege hier, ersticke und die Idioten bekommen das nicht mit. Ich dachte voller Panik, das ist das Ende. Da sagte einer der Ärzte: »Manche brauchen eben einen höheren Leidensdruck.« Mit diesen Worten wurde mir eine Sauerstoffmaske aufgesetzt und das lebensspendende Element strömte in meine Lunge. Es dauerte nur wenige Augenblicke und ich konnte mich wieder bewegen.

Wie man mir später sagte, sei ich zu früh aus der Narkose erwacht, das Atemzentrum sei noch gelähmt gewesen. Man stellte mir einen Anästhesiepass aus, in dem das vermerkt wurde. Doch bei späteren Operationen hatte es keine Komplikationen gegeben.

Um die nun bevorstehende Operation wäre ich gern herumgekommen. Ich weiß nicht, warum ich solch eine Angst davor hatte. Die Angst ging so weit, dass ich überzeugt war, diese Operation nicht lebend zu überstehen. Wahrscheinlich nur eine Projektion meiner Angst vor der Krebserkrankung. Mir war klar, dass das ein absolut irrationaler Gedanke war, ich konnte ihn aber nicht stoppen.

Ich sprach mit Dr. Kaufmann und fragte, ob man auf die OP nicht verzichten und einfach erst mal auf das Referenzgutachten warten könne. Er sagte, wenn die Fachärzte meinten, die Untersuchung sei nötig, dann müsse sie durchgeführt werden. Eine Krähe hackt der anderen kein Auge aus, dachte ich nur. Meine Ängste verschwieg ich dem Arzt. Aus Scham.

Am nächsten Morgen, es war ein Dienstag, wurde ich entlassen. Die Suche nach einem Primärtumor war, bis auf die geplante Rachenuntersuchungs-OP, so will ich das mal nennen, abgeschlossen. Genau in einer Woche sollte ich wieder in der Klinik aufgenommen werden. Freitag stand noch das Anästhesiegespräch auf dem Plan.

So richtig froh, wieder zu Hause zu sein war ich nicht. Dazu befand sich alles zu sehr in der Schwebe und war ungewiss. Das Einzige, was klar war: Ich hatte eine schwerwiegende Erkrankung.

Ich versuchte, mich in dieser Woche zu Hause, anderen Dingen zu widmen. Denn noch lebte ich. Seit dem letzten Jahr war ich Mitglied in einem Verein, der sich ABC nannte. ABC stand für Aktive Bürger/innen Cappel. Es war ein Verein, der sich Nachbarschaftshilfe auf die Fahnen geschrieben hatte. Und mit Jahresbeginn hatte ich mit der Betreuung einer fünfundachtzig Jahre alten Dame begonnen. Ich dachte, das sei genau das Richtige für mich, da ich ja drei Jahrzehnte als Ergotherapeut in einer gerontopsychiatrischen Einrichtung gearbeitet hatte und mich im Umgang mit älteren Menschen auskannte.

Der Verein hatte zwar einiges an Freizeitveranstaltungen zur Verfügung, doch hatte ich kein Interesse am Boule-Spiel, in einer Gruppe Rad zu fahren oder am Nordic Walking teilzunehmen. Das einzige Angebot, das ich genutzt hatte, war die offene Singgruppe, die einmal im Monat stattfand. Gesungen hatte ich in früher Jugend im Schülerchor und im CVJM, dem Verein christlicher junger Männer. Dort hatten wir Fahrtenlieder geschmettert. Dann war es aus gewesen mit der Sangeslust. Für lange

Zeit. Erst als ich eine Stelle als Ergotherapeut in einem Altenheim bekam, begann ich wieder zu singen. Das kam einfach daher, weil die Bewohner der Alteneinrichtung, die ich betreute, gern sangen und ich das als eine hervorragende Aktivität ansah. Das ging sogar so weit, dass ich Privatunterricht nahm, um Gitarre spielen zu lernen. Es war schön, die Singgruppe auf dem Instrument begleiten zu können. Als ich später meine Stelle in der Gerontopsychiatrie antrat, konnte ich dort diese Aktivität anbieten, was letztendlich hieß, dass ich dreißig Jahre jede Woche einmal Volkslieder sang. Und das mit Freude. Also kein Wunder, dass ich mir genau dieses Angebot im Verein aussuchte.

An eine Geschichte im Zusammenhang mit dem Singen während der Arbeit in der Gerontopsychiatrie kann ich mich noch gut erinnern.

Herr Riese

Montagmorgen. Zehn Uhr, Werkgruppe. Über das Wochenende waren einige neue Patienten aufgenommen worden. Mir war es wichtig, dass ich zunächst zur groben Einschätzung der Fähigkeiten eines Neuzugangs im Wahrnehmungs- und Gedächtnistraining einen Blick auf ihn werfen konnte, bevor der Patient an der Werkgruppe teilnahm.

Montags geschah es sehr oft, dass die Neuankömmlinge sich den anderen Patienten kurzerhand treu und brav anschlossen. Um sie dann nicht gleich zu verprellen und zu verunsichern, ließen wir sie dann – entgegen der Planung – an der Werktherapie teilnehmen.

Meine Kollegin Astrid und ich boten diesen Patienten an, entweder erst einmal zuzuschauen, ein Mandala auszumalen oder ein Kratzbild anzufertigen.

Heute folgte dem zur Ergotherapie strömenden Patientenschwarm ein kleines, schmächtiges Kerlchen. Er ging mir mit meinen eins vierundsiebzig gerade bis in Brusthöhe. Ich stellte meine Kollegin und mich vor.

»Ich bin Herr Riese«, erklärte das Männchen mit krächzend piepsender Stimme. »Ich bin eine gespaltene Persönlichkeit und muss hier behandelt werden.« Es kostete mich einiges an Selbstbeherrschung, um nicht zu lachen. Mit diesem Patienten würden wir sicher noch Spaß haben. Ein angebotenes Kratzbild akzeptierte er bereitwillig. Wäre er damit fertig, würde ich ihm wie allen anderen Männern auch einen Peddigrohrkorb zum Flechten anbieten. Wir verfügten in unserer Ergotherapie über keine speziellen »männlichen« Werkangebote wie Holzarbeiten oder »irgendwas mit Metall«. Unser Angebot war mehr auf Frauen ausgerichtet. Das lag zum einen an dem Großteil weiblicher Patienten, zum anderen an dem begrenzten Platz, der uns in diesem Gebäude zur Verfügung stand. An zwei Tischen konnten wir im Höchstfall zwölf Personen einen Platz anbieten.

Ich setzte mich zu dem kleinen Herrn Riese, um etwas über ihn in Erfahrung zu bringen. Das Kratzbild bereitete ihm keine Probleme. Meine vorsichtige Erkundigung, wie es mit dem Peddigrohrflechten aussehen würde, traf bei Herrn Riese auf offene Türen. Er würde sich freuen, mal etwas Neues zu lernen. Achtundsechzig Jahre alt, lebte und half er im Gasthaus seines jüngeren Bruders. Bei Herrn Riese wurde bereits früh eine Schizophrenie festgestellt und er hatte schon einige Aufenthalte in psychiatrischen Krankenhäusern hinter sich. Seit dem Tod der Eltern kümmerte sich sein Bruder um ihn.

Konflikte gäbe es laut Herrn Riese leider immer wieder mit der Schwägerin: Sie halte sehr viel auf Sauberkeit und er sei ihr zu ungepflegt, er würde alles verschmutzen und seinen Kram überall herumliegen lassen. Herr Riese erzählte das alles sehr offen und blickte mich dabei so treuherzig an, dass er schnell meine Sympathie gewann.

Danach folgte allerdings eine Gruppenstunde, in der dieser sympathische Mann mich an die Grenze meiner Belastbarkeit brachte. Die Musikgruppe stand an. Singen hatten wir aufgrund der Nachfrage von Patienten in das Angebot der Ergotherapie aufgenommen. Viele unserer Patienten kamen aus Altenheimen und dort gehörte das Singen zum Standardangebot. Ich kannte ungefähr vierzig für mich singbare Volkslieder. Wir lauschten während der Gruppenstunde instrumentalen Melodien von

Musikkassetten – oder führten ein Ratespiel durch, in dem nach dem Alphabet bekannte Musikinstrumente gesucht werden mussten. Das Ganze nannten wir Musikgruppe und tatsächlich wurde unser Angebot gern angenommen.

Klar, dass heute Weihnachtslieder auf dem Programm standen. Schließlich befanden wir uns in der Vorweihnachtszeit. Wir saßen im Stuhlkreis, Herr Riese direkt neben mir. Er sagte, dass er sich auf das Singen schon gefreut habe, da er ein begeisterter Sänger sei. Seine Schwägerin verbiete ihm aber das Singen im Haus. Ihr gefalle das nicht. Also singe er nur im Bad. Da störe er niemand. Ich lächelte ihm nur freundlich zu und stimmte das erste Lied an: »Schneeflöckchen Weißröckchen«. Es hat sich in mein Gedächtnis eingebrannt, denn dieses Lied ist mein Weihnachtslieblingslied. Herr Riese sang laut mit. Sehr laut. Und sehr falsch. Er sang mit hoher Fistelstimme und traf keinen Ton. Die anderen Patienten stockten kurz irritiert und sangen dann einfach weiter. Mich überkam ein Lachreiz, denn Herrn Rieses Stimme klang dermaßen komisch, dass man nur lachen konnte. Oder weinen. Mein Organismus schien sich für das Lachen entschieden zu haben. Meine Kollegin hielt sich eine Hand vor den Mund und verschwand aus dem Gruppenraum. Alle Gruppenmitglieder sangen ungerührt weiter, als sei nichts geschehen. Ich sang also ebenfalls weiter und unterbrach nicht. Glücklicherweise verebbte mein Lachreiz. Herr Riese schien in seiner Begeisterung für den Gesang von seinem durchschlagenden Erfolg bei meiner Kollegin nichts bemerkt zu haben und so ließ ich die Sache laufen, wie sie eben lief.

Niemand kann ernsthaft behaupten, dass die anderen Sänger Herrn Rieses schauderhaft falsche Töne nicht vernommen haben sollten. Hier trat wieder etwas zutage, was ich schon oft im sozialen Miteinander der Patienten beobachten konnte: die erstaunliche Toleranz und Akzeptanz untereinander. Es gab natürlich Grenzen: Aggressives oder etwa arrogantes Verhalten wurde nicht toleriert.

Meine entflohene Kollegin fand sich später in unserem Büro neben dem Werkraum. Sie lachte immer noch. Okay, auch Therapeuten sind nur Menschen.

Herr Riese sang aber nicht nur während unserer Musikgruppe. Wenn ihm danach war, schmetterte er los. Egal wo. Einige Tage später, ich kam gerade von der Toilette, die sich auf der Station befand, als Herrn Rieses Stimme vom Bettentrakt her ertönte. Laut und wie immer falsch: »Macht hoch die Tür, das Tor macht weit ...« Seine Stimme hallte laut über den Flur.

Da öffnete sich die Tür des Arztzimmers der Station gegenüber der Toilette. Der Kopf Doktor Werners erschien. Der Kopf: »LEISER.« Der Gesang verstummte. Kurz darauf: »LEISE rieselt der Schnee, still und ...« Ich prustete los und konnte mich vor Lachen kaum halten. Doktor

Werner starrte mich verdutzt an, stimmte aber dann in mein Gelächter mit ein.

Jedes Mal im Kontakt mit Herrn Riese erwartete ich das nächste lustige Ereignis, doch geschah so etwas selbstverständlich nicht ständig. Er verhielt sich ja nicht bewusst auf diese spezielle Art und Weise. Es handelte sich einfach um einen Vertreter des unfreiwilligen Humors. Er war kein lächerlicher Mensch. Dass er so klein und schmächtig zu allem Überfluss noch Riese hieß, hatte er sich nicht ausgesucht.

Beim Werken stellte er sich zum Beispiel sehr geschickt an, ging ernsthaft an die Sache heran und stellte einen wirklich sehenswerten Peddigrohrkorb her. Obwohl er nicht wusste, was er damit sollte. Herr Riese ließ sich davon überzeugen, dass es sicher keine schlechte Idee wäre, ihn zu verschenken. Vielleicht an seine Schwägerin? Nach diesem Vorschlag schaute er mich zwar erst erstaunt an, dann zog sich ein Lächeln über sein Gesicht und er sagte: »Gute Idee.«

Ob sich sein Verhältnis zu seiner Schwägerin dadurch tatsächlich verbessert hat? Keine Ahnung. Herr Riese wurde jedenfalls nach seiner Entlassung kurz vor Weihnachten nie wieder als Patient aufgenommen.

Doch zurück zu besagter alten Dame. Ich hatte sie bisher einmal besucht. Wir hatten geplaudert und eine Runde Tischtennis gespielt. Sie hatte in einem Kellerraum die Tischtennisplatte stehen, das Spiel war ihre Passion. Ich hatte zwar schon ewig kein Tischtennis gespielt, doch glaube ich, ich habe mich ganz gut geschlagen. Obwohl ich das Spiel verlor.

Nun besuchte ich sie zum zweiten Mal und konnte mich gleich von ihr verabschieden, denn ich war nicht mehr der geeignete Mann, um andere Menschen zu betreuen. Ich war nun selbst jemand der Zuspruch und Hilfe brauchte.

Die alte Dame war natürlich betroffen, als ich berichtete, dass ich an Krebs erkrankt sei und das andere Dinge in meinem Leben im Vordergrund standen. Doch wusste sie gleich von einer ehemaligen Freundin von ihr zu berichten, die ebenfalls an einem Lymphom erkrankt war. Leider war das Lymphom zu spät entdeckt worden und die Freundin war an der Erkrankung gestorben.

Ich weiß nicht, was sie sich dabei dachte, als sie mir die Geschichte erzählte. Ein Trost war sie nicht für mich.

5. Der Kelch geht vorüber

Am Freitag saß ich dann im Aufnahmebereich der Klinik, um das Anästhesiegespräch hinter mich zu bringen. Hier musste ich wie zur stationären Aufnahme erst eine Wartenummer ziehen, danach einige Formulare unterzeichnen, die für die stationäre Aufnahme am kommenden Dienstag bestimmt waren. Dann durfte ich wieder im vollen Wartebereich Platz nehmen. Nach einiger Zeit wurde ich aufgerufen, eine Krankenschwester maß meinen Blutdruck und nahm mir Blut ab. Ein EKG schloss sich an. Danach war die Aufnahmeprozedur erledigt. Wenn ich das Anästhesiegespräch hinter mir hatte, konnte ich kommenden Dienstag direkt im OP-Bereich aufschlagen. Das war der Plan.

Ich musste einige Zeit warten, bis ich zum Gespräch aufgerufen wurde. Ein Arzt im mittleren Alter klärte mich über die Narkose auf, begutachtete interessiert meinen Anästhesiepass und meinte dann: »Ich würde gern noch mal in Ihren Rachen schauen. Ich hoffe, sie verweigern das nicht. Sie wurden diesbezüglich schon oft untersucht. Ich möchte mir aber auch ein Bild machen.«

Ich sagte nichts dagegen, obwohl mich die häufigen Untersuchungen nervten. Wir gingen in die HNO-Abteilung, die nicht weit entfernt war. Hier holte er dann dieses von mir so gehasste Laryngoskop hervor, schob es mir in den Rachen und schaute sich meinen Schlund genau an.

Nach kurzer Zeit zog er mit einem Seufzen das Instrument aus meinem Hals heraus. Er schaute mir prüfend ins Gesicht und sagte dann: »Ich kann in Ihrem Rachen absolut nichts entdecken, was eine so komplizierte und belastende Untersuchung nötig macht. Ich würde Sie gern dem Herrn Professor vorstellen. Der soll sich das noch mal anschauen. Sie müssten sich auf eine längere Wartezeit einstellen. Der Herr Professor ist gerade im Operationssaal und wird danach zum Mittagessen gehen.«

Ich war selbstverständlich einverstanden. Wenn ich richtig verstanden hatte, bestand die Chance, die Operation nicht über mich ergehen lassen zu müssen. Vorweg kann ich sagen, dass ich insgesamt sieben Stunden in der Klinik verbrachte.

Nach langer Wartezeit erschien der Herr Professor. Ich kannte ihn. Er war der Arzt, der die Punktion des Lymphoms durchgeführt hatte. Wie ich erwähnte, hatte sich die Wunde entzündet und war dick verpflastert. Das war das Erste, was dem Herrn Professor auffiel.

»Na, wer hat das denn verbrochen?«, fragte er und zeigte auf den Pflasterverband.

»Das waren Sie«, konnte ich da nur antworten. Er schaute mich erstaunt an, dann schien es ihm zu dämmern.

»Und jetzt wollen Sie mich dafür verantwortlich machen?« Es war nicht sicher, ob er es ernst oder im Spaß meinte.

»Natürlich nicht«, sagte ich. »Das ist in Anbetracht meines Gesamtzustands nur eine Bagatelle.« Ich lächelte.

Er untersuchte meinen Rachen sehr gewissenhaft. Das Entscheidende aber war das Ergebnis. Er konnte nichts Verdächtiges in meinem Hals erkennen.

»Gut«, sagte er zu seinem Oberarzt oder was immer dieser war, »Wir blasen die ganze Sache ab. Ich möchte dem Patienten nicht zumuten, diese belastende Operation auf sich zu nehmen. Der Grund ist sehr fragwürdig. Stornieren Sie den Operationstermin. Und den Kollegen in der Hämatologie teilen Sie mit, dass man das Referenzgutachten abwarten soll. Das muss doch sowieso bald kommen.«

In diesem Moment war ich der glücklichste Mensch auf Erden. Die von mir so gefürchtete Operation war gestrichen worden. Meine Freude war riesig. Ich durfte endlich mal wieder auf ein relativ entspanntes Wochenende hoffen.

Was ich bisher noch nicht erwähnt habe, ist, wie mir der Aufenthalt auf der Station der Hämatologie während der Untersuchungssituation gefallen hat. Ich lag ja mit meinem Leidensgenossen Karl auf dem Zimmer. Ich kam recht gut mit ihm klar.

Er war schon seit Ewigkeiten Rentner, wie er sagte. Früher war er Landwirt gewesen, hatte den Hof aber mit Beginn der Rente, also vor fünf Jahren, an den Sohn übergeben. Er sagte, er sei immer kerngesund gewesen. Und vor einiger Zeit habe er diesen Husten bekommen und sei ihn nicht wieder losgeworden. Als er sich dann endlich entschloss zum Arzt zu gehen, war der Lungenkrebs, der diagnostiziert wurde, schon sehr weit fortgeschritten. Mit dem Rauchen habe er natürlich sofort aufgehört. Er wurde palliativ behandelt, es sollte ihm ein Sterben ohne Schmerzen bereitet werden. Zurzeit bekam er eine Chemotherapie, um die Metastasen, die sich gebildet hatten, zurückzudrängen. Gestern erst, erzählte er, habe man ihm die Lunge punktiert, um die Flüssigkeit, die sich dort gesammelt hatte, abzuziehen. Für mich hörte sich das nicht gut an. Wie viel Lebenszeit er noch eventuell haben würde, wollte er von den Ärzten nicht wissen. So könne er daran glauben, noch genug Zeit zu haben.

Er erzählte mir, dass er Alkoholiker sei, aber seit fünfundzwanzig Jahren »trocken« sei. Da konnten wir uns die Hand schütteln. Ich hatte auch eine Suchtkarriere, wie man das so schön nennen konnte, hinter mir und war seit vierzig Jahren ohne Alkohol unterwegs. Ich hatte mit vierundzwanzig Jahren mit dem Trinken aufgehört. Das schreibt sich jetzt so leicht. Immerhin habe ich zwei Entzugstherapien dazu benötigt und die ersten vier »trockenen« Jahre waren eine harte Angelegenheit gewesen.

Ich wollte nach der ersten Therapie eine Ausbildung zum Altenpfleger machen. Eine

Altenpflegeschule hatte mich zu einem Test eingeladen. Man sagte mir in einem Gespräch, dass das Ergebnis gut ausgefallen sei, doch stände einer Aufnahme in die Schule die Tatsache entgegen, dass ich erst ein Jahr trocken sei. Um in ihrer Einrichtung aufgenommen zu werden, müsse ich mindestens vier Jahre abstinent gelebt haben. Ich war enttäuscht, frustriert und erbost. Aber so waren die Bedingungen. Kurze Zeit später wurde ich rückfällig, trank ungefähr eineinhalb Jahre, um dann die zweite Therapie anzugehen.

Bei der zweiten Therapie musste ich fünf Monate auf einen freien Platz warten. Das war deswegen, weil mir die Mitarbeiter der Suchtberatungsstelle diese spezielle Therapieeinrichtung empfohlen hatten. Ich hatte aber schon vor Therapieantritt mein Trinken eingestellt – unter täglicher Kontrolle durch meinen Hausarzt, dem ich heute noch dafür dankbar bin, und einem täglich eingenommenen Tranquilizer. Dass es mir mit meiner Abstinenz wirklich ernst war, zeigte mir ein Erlebnis.

Flucht

Ich blieb, als ich das Trinken eingestellt hatte, zu Hause bei meinen Eltern, hatte sonst keine Berührungspunkte mit anderen und irgendwann hatte ich das Bedürfnis nach mehr Kontakt. Ich hatte aber keine Freunde, keine Bekannten. Ich hatte es noch nie geschafft, Kontakte zu pflegen. Auch wenn mir Leute sympathisch waren, blieb ich isoliert. Trotzdem fühlte ich mich nicht als

Einzelgänger. Es war so, dass ich die Leute nicht zu nahe an mich herankommen lassen wollte. Sie würden sonst erkennen, dass mit mir eigentlich nicht viel los war. Ich entschloss mich eines Tages, meiner Stammkneipe einen Besuch abzustatten. Ein wahnwitziger Gedanke. Die Gefahr eines Rückfalls war sicherlich groß. Ich fragte mich, warum ich unbedingt in meine Stammkneipe wollte. Wollte ich ganz tief in mir drinnen doch wieder trinken? Ich war mir sicher, dass das nicht der Fall war. Mir fiel zu Hause einfach die Decke auf den Kopf.

Die Kneipe öffnete um ein Uhr. Wenn ich gegen zwei Uhr dort eintrudeln würde, war die Gefahr, auf etwaige Saufkumpane zu treffen, gering. Die kamen erst gegen fünf. Eigentlich wollte ich nur mit Tonio, dem Kneipenwirt, quatschen. Wir hatten uns ein bisschen angefreundet, ich hatte Tonio schon öfter in dessen Garten geholfen.

Ich öffnete die Tür, betrat den Gastraum und hatte die Theke mit den Barhockern direkt vor mir. Rechts von der Theke standen drei Tische, von denen einer mit zwei Gästen besetzt war. Ein junges Pärchen, intensiv im Gespräch. Links hinter mir war der erhöht liegende Raum, in dem der Billardtisch stand. Ich hörte das Klackern der Kugeln. Ich drehte mich kurz um und warf einen Blick in den Billardraum. Zwei Männer, die dort spielten. Niemand, den ich kannte. Ich setzte mich auf meinen Platz, den Barhocker links vom Durchgang der Theke. Aus dem Vorratsraum hinter der Theke hörte ich ein Rumoren. Dann trat Tonio aus dem Raum heraus. »Hallo, Rainer! Auch mal wieder da? Lange nicht gesehen.« Tonio schien tatsächlich erfreut.

»Ja, dachte es wär' mal wieder Zeit.«

»Bier? Oder Asbach-Cola?«

»Ein Mineralwasser. Sonst nichts.«

»Mineralwasser? Bist du krank oder was?«

»In gewisser Weise. Ich trinke nicht mehr. Keinen Tropfen. Seit einigen Wochen.«

 »Echt jetzt? Oder willst du mich verarschen?« Er ließ das Spültuch fallen und glotzte mich entgeistert an.

»Nein, nein. Ist so. Ich trinke wirklich nicht mehr. Bald geht's in die Langzeittherapie. Ein halbes Jahr ins ‚Trockendock'.«

Tonio setzte sich auf seinen Barhocker hinter der Theke. »Alter! Ich glaub' s nicht. Sicher hast du schon immer einen ganz schönen Stiefel vertragen. Aber ins ‚Trockendock'? Gibt's doch gar nicht.«

Einer der Billardspieler kam nach vorne und bestellte noch zwei Bier. Tonio zapfte sie an und wandte sich dann wieder mir zu. »Erklär's mir.«

Ich erzählte ihm von meiner ersten Therapie vor zwei Jahren, dem Rückfall und dem erneuten Versuch, keinen Alkohol mehr zu trinken.

»Einen Espresso und die Rechnung«, ein eiliger Dicker schob sich neben mich und trommelte mit den Fingern auf die Theke. Ich verstummte. Tonio fertigte den Gast ab, servierte eine Runde Schnäpse an die Billardspieler und setzte sich wieder zu mir.

»Entschuldige, mach weiter!«

Er schien wirklich interessiert, war gespannte Aufmerksamkeit. Als ich geendet hatte, sagte er: »Mensch, Rainer. Hut ab. Wusste gar nicht, was du da für eine Sache hinter dir hast. Du hast ja echt immer 'ne Menge Kohle hier gelassen. Und … meine Herren, du hattest manchmal ganz schön einen im Tee. Aber dass du Alkoholiker bist, auf den Gedanken wär ich nie gekommen. Ich find's ganz schön mutig, hier in die Kneipe zu kommen. Ich hätte da Angst, Lust auf ein Bier zu kriegen.«

»Ja, schon. Die Gefahr ist da. Ich weiß das. Ich muss mir beweisen, dass das geht. Dass ich in eine Kneipe gehen kann und nichts zu trinken brauche. Ich muss das wissen. Wenn's eng wird, kann ich einfach abhauen.«

»Abhauen? Auch 'ne schöne Lösung.« Er schüttelte lachend den Kopf. Da öffnete sich die Eingangstür. Leo und Georg kamen herein. Gut gelaunt, lachend, lärmend. Ich hatte mit ihnen des Öfteren hier an der Theke gestanden und das eine oder andere Bier getrunken. Das waren nicht unbedingt die Leute, die ich treffen wollte. Eigentlich war jetzt nicht ihre Zeit. Sie kamen sonst erst später.

»Mensch! Wer ist das denn? Rainer! Lange nicht gesehen.« Das war Georg.

»Tonio, mach uns mal vier Bier und 'ne Lage Korn. Darauf geb' ich einen aus!«

Mir wurde heiß und kalt. »Nee, lass mal. Ich will nix trinken. Mach gerade 'ne Pause.« Ich war plötzlich total unsicher, wusste nicht, was ich tun sollte. Georg wandte sich an Tonio. »Hör nicht auf den. Zapf an!« Tonio schien ebenfalls nicht zu wissen, was er machen sollte. Er schaute mich fragend an.

»Nein! Ich will jetzt kein Bier und keinen Korn!«

»Ihr hört es selbst. Lasst Rainer in Ruhe«, stand Tonio mir zur Seite.

»Was soll der Scheiß! Da geb' ich mal einen aus und der Kerl will nichts trinken. Macht 'ne Pause. Ist wohl ein Witz! Leo, was meinst du denn dazu?«Georg war echt sauer.

»Manometer, Rainer. Was soll denn das?« Leo wandte sich an mich. »Du bist doch der Letzte, der ins Bier spuckt. Haben wir dir vielleicht was getan? Warum willst du mit uns nichts trinken?«

Ich merkte jetzt, dass die beiden schon einiges getrunken hatten. Hatten meine Ablehnung wohl in den falschen Hals bekommen. Langsam wurde mir die Sache zu brenzlig. Ich musste zusehen, dass ich hier herauskam, bevor die Angelegenheit eskalierte. Und das konnte passieren. Ich kannte Georg und Leo. Gerade wenn sie was getrunken hatten, war mit ihnen nicht zu spaßen. Ich fühlte mich total unter Druck. Doch würden mir ein Schnaps und ein Bier wirklich schaden? Ein Glas, und die Anspannung, die ich seit Tagen spürte, wäre verschwunden. Plötzlich stellte sich die kribbelnde Vorfreude ein, die ich vor jedem Trinken gespürt hatte. Dieses den gesamten Körper erfassende Prickeln, das fast besser war als der spätere Rausch. Die Alarmsirenen in meinem Kopf schrillten! Wenn ich nicht augenblicklich verschwinden würde, würde ich morgen Früh mit einem Filmriss erwachen und weitertrinken. Alles wäre verloren! Ich musste sofort hier raus!

«Ich muss mal aufs Klo», fiel mir spontan ein. Die Toilette war im Flur, vom Flur ging es direkt auf die Straße. Ich verließ die Gaststätte und machte mich schnurstracks nach Hause. Manchmal war weglaufen wirklich besser als standhalten.

Das war für mich tatsächlich eine gute Erfahrung. Sie machte mich sicherer im Umgang mit der Abstinenz. Ich konnte mich wirklich gefährlichen Situationen entziehen. Sicher war das keine Strategie, die ich mein ganzes weiteres Leben betreiben sollte, aber für den Anfang des abstinenten Lebens war sie eine überlebenswichtige Maßnahme.

Vier Jahre nach der zweiten Therapie begann ich meine Ausbildung zum Ergotherapeuten. Zwischenzeitlich hatte ich ein Jahr die Berufsaufbauschule besucht, ich wollte auf dem zweiten Bildungsweg das Abitur machen und ein Studium der Sozialarbeit aufnehmen, um später mit Suchtkranken zu arbeiten. Kurz vor der Abschlussprüfung schmiss ich die Brocken jedoch hin. Meine Noten waren zwar nicht schlecht, aber ich kam mit der Schülerrolle nicht klar und wusste, dass ich die drei Jahre bis zum Abi nicht durchhalten würde.

Dann absolvierte ich ein einjähriges Praktikum in der Suchtberatungsstelle des Diakonischen Werkes. Ziel war es nun, Diakon zu werden, denn mit dieser Ausbildung konnte ich später in einer sozialen Einrichtung mit Suchtkranken arbeiten. Leider bekam ich keinen Schulplatz, um die Ausbildung machen zu können. Durch die darauf folgende Berufsberatung auf dem Arbeitsamt kam ich auf den Gedanken, Ergotherapeut zu werden. Glücklicherweise erfüllte ich alle Voraussetzungen dafür. Bis ich die Ausbildung beginnen konnte, verging natürlich noch einige Zeit.

Die Ausbildung zum Ergotherapeuten, mein neuer Wunschberuf, war nicht ohne. Ich kam an meine psychische Belastungsgrenze. Heute weiß ich, dass ich, hätte ich nach der ersten Therapie den Ausbildungsplatz zum Altenpfleger bekommen, die Ausbildung nicht durchgehalten hätte. Ich wäre nicht belastbar genug gewesen. Das Konzept der erwähnten Altenpflegeschule war also, jedenfalls was mich betraf, vollkommen in Ordnung gewesen.

6. Klinikalltag

Ich lernte auch Karls Frau kennen, die ihn jeden Tag besuchte. Wie sie erzählte, arbeitete sie aktiv in einem Verein für Suchtkrankenhilfe mit. Und das schon seit Jahren. Ich war ebenfalls Mitglied in einem solchen Verein gewesen. Der Kontakt zu den anderen Suchtkranken hatte sich tatsächlich als sehr hilfreich herausgestellt. Doch nach drei Jahren hatte ich den Verein verlassen. Ich wollte nicht nur noch Suchtkranke und ihre Angehörigen um mich haben. Es drehte sich ja alles nur noch um Sucht.

Mir gelang, trotz meiner Angst eventuell wieder rückfällig zu werden, das Leben ohne die Abhängigkeit zu diesem Verein.

Karls Frau jedenfalls schien in diesem Verein aufzugehen. Karl erzählte, dass seine Frau hauptsächlich in den Gesprächsgruppen des Vereins aktiv sei, er jedoch nur einmal die Woche zum Kartenspielen hinginge. Ein echtes Phänomen dachte ich. Denn ähnlich hatte ich es in dem Suchtverein erlebt, in dem ich Mitglied war. Es hatte auch dort sehr viele Ehefrauen gegeben, die die Gesprächsgruppen besuchten, während ihre abhängigen Ehemänner nur an den Freizeitaktivitäten teilnahmen.

Ich hatte mehr Interesse an den Gesprächsgruppen gehabt und betreute Leute, die gerade mit dem Trinken aufgehört hatten. Denn das gehörte auch zu den Aufgaben des gemeinnützigen Vereins – der Versuch, anderen

Menschen zu helfen, mit dem Trinken aufzuhören. Wer das machen wollte, musste einen hundertstündigen sogenannten »Suchtkrankenhelferlehrgang« absolvieren. Schirmherr war der Gesamtverband für Suchtkrankenhilfe im Diakonischen Werk der evangelischen Kirche in Deutschland. Ich war sehr stolz, als ich diesen Lehrgang beendet hatte. Ich hatte das Gefühl, als hätte ich endgültig einen Schlussstrich unter meine Suchtkarriere gezogen. Anderen zu helfen brachte mir echte Befriedigung, ich wusste, dass ich »dieses Helfen« für mich tat und es nicht meiner Selbstlosigkeit entsprang. Das Helfen hörte natürlich mit meinem Austritt aus dem Verein auf. Aber es ist zu erkennen, weshalb ich später eine Ausbildung zum Ergotherapeuten machte.

Es blieben selbstverständlich Kontakte zu einigen Leuten aus dem Verein. Ich will nicht verschweigen, dass meine spätere Ehefrau, die, wie schon erwähnt, an einem Hirnaneurysma starb, ebenfalls suchtkrank war. Ich habe sie in dem Verein für Suchtkrankenhilfe kennengelernt. Die Verbindung zu anderen Suchtkranken war also nicht gänzlich gekappt. Heute habe ich noch einen engen Freund, der ebenfalls trockener Alkoholiker ist.

Karl war Hobbyjäger. Er war regelmäßig zur Jagd gegangen. Seit seiner Krebserkrankung war ihm das nicht mehr möglich gewesen. Er beklagte es sehr. Er erzählte gern von der Jagd und freute sich darauf, wieder jagen gehen zu können. Der Gedanke, dass das nicht mehr möglich sein könnte, schien ihm nicht zu kommen. Kann sein, dass er es verdrängte. Auch seine Frau sprach so, als hätten beide noch alle Zeit der Welt. Der Tod war kein Thema. Dabei wussten sie, dass er an seiner Krebserkrankung sterben würde. Und es ging dabei nicht um Jahre. Sogar ich als Laie konnte sehen, wie schlecht es ihm ging. Ohne Sauerstoff ging da nichts. Am Kopfende seines Bettes befand sich die Sauerstoffzufuhr und er kam nur einige Stunden am Tag ohne Sauerstoff aus.

Ich traf ihn und seine Frau später während der ambulanten Chemotherapie. Das war das letzte Mal, das ich beide sah.

Was die Pflegekräfte betraf, kann ich nur sagen, dass sie zum Großteil sehr freundlich und zugewandt waren. Kaum, dass jemand von ihnen schlechte Laune mitbrachte. Dabei hatten sie eine Arbeit, die keinesfalls leicht zu nennen war. Jeden Tag mit todkranken Menschen zusammen zu sein, stelle ich mir nicht gerade einfach vor. Mir sind zwar in meiner Arbeit als Ergotherapeut auch todgeweihte Menschen begegnet, doch hatte ich immer nur punktuell, zu den Therapiezeiten, Kontakt zu ihnen. Ich hatte sicher eine größere Chance gehabt, diesen Personen mit der erforderlichen »therapeutischen Distanz« zu begegnen, als es das Pflegepersonal hier hatte.

Mir fällt dazu eine sechzigjährige Patientin ein, die wegen eines Suizidversuches in meinem damaligen Arbeitsplatz, in der Gerontopsychiatrie, aufgenommen wurde.

Die Patientin

Sie hatte den Suizidversuch aus Angst vor dem Tod durch ihre Krebserkrankung unternommen. Sie saß im Rollstuhl, weil sie durch den Tumor der Lendenwirbelsäule nicht mehr gehfähig war. Die Metastasen waren bis zur Lunge vorgedrungen. Seit der Erkrankung hatte sie vermehrt Alkohol getrunken, ihr Ehemann kam mit der Situation zu Hause nicht klar. Über die Aufnahme in die Psychiatrie schien die Patientin sehr froh. Sie nahm an allen Angeboten teil, war sehr an den unterschiedlichen handwerklichen Angeboten interessiert, die wir in der Ergotherapieabteilung anboten. Sie versäumte nicht eine Therapieeinheit, war sehr kontaktfreudig und während der therapiefreien Zeiten motivierte sie Mitpatienten zu Gesellschaftsspielen. Sie sagte selbst, dass sie sich in der Klinik gut von ihren negativen Gedanken ablenken könne.

Unser Oberarzt gab ihr im Höchstfall noch ein halbes Jahr zu leben. Wie sich später zeigte, sollte er sich täuschen.

Als die Patientin sich stabilisiert zu haben schien, wurde sie entlassen. Insgesamt war sie vier Wochen in der Klinik gewesen.

Es dauerte aber nicht lange und sie wurde wieder eingeliefert. Ihr Hausarzt hatte sich keinen anderen Rat gewusst und ihr eine Überweisung ausgestellt. Sie hatte jeden Tag getrunken, um ihrer Ängste Herr zu werden. Die verordneten Antidepressiva schienen nicht die erforderliche Hilfe zu sein. Mit ihrem Ehemann war sie total zerstritten. Er war hilflos, kam mit der Situation überhaupt nicht zurecht und war eher eine Belastung als eine Hilfe für seine Frau.

Die Patientin war sehr verzweifelt, konnte sich aber in relativ kurzer Zeit wieder stabilisieren. Sie wurde wieder entlassen ... und zwei Wochen später wieder aufgenommen. In dem gleichen instabilen Zustand wie vorher. Dieses Spiel wiederholte sich so lange, bis die Patientin nach eineinhalb Jahren starb.

Mir tat diese Frau sehr leid. Wirklich verstehen konnte ich damals ihre Verzweiflung aber nicht. Jetzt natürlich konnte ich nachempfinden, wie es ihr wohl gegangen war. Ertappte ich mich selbst dabei, wie ich meinen Gedanken nachhing, urplötzlich in einen Weinkrampf verfiel, weil mir die Verzweiflung schier das Herz zerreißen wollte. Meist drehten sich meine Gedanken um das Abschiednehmen müssen von meinen Angehörigen. Oder ich musste erleben, wie ich stundenlang nur dumpf brütend auf der Couch lag. Depressiv und hoffnungslos.

Doch zurück zum Pflegepersonal. Ich weiß aus dem eigenen Berufsleben, dass sich hinter den

Kulissen oft anderes anspielte als vor den Augen der Patienten. Hier bekam ich davon natürlich nichts mit. Ich jedenfalls fühlte mich vom Pflegepersonal und von den Ärzten auf der Station gut betreut. Und das gilt für die ganze Zeit der Krankenhausaufenthalte während meiner Krebserkrankung.

Stehen geblieben war ich aber bei meinem Anästhesiegespräch, das mit einer nochmaligen Untersuchung und dem glücklichen Ergebnis endete, dass die Rachen-OP abgeblasen wurde. Ich verließ die Klinik endlich mal wieder in guter Laune. Ich kann mich erinnern, dass ich am späten Nachmittag noch meine achtzigjährige Tante besuchte, die bei uns im Ort lebte, um ihr die gute Nachricht zu bringen. Meine Frau war ebenfalls froh und glücklich, dass mir die Operation erspart blieb.

Wie das Wochenende verlief, weiß ich nicht mehr. Entscheidend war der Montag danach. Denn da bekam ich einen Anruf aus der Klinik. Das Referenzgutachten war eingetroffen. Es bestätigte das T-Zell-Lymphom. Und das hieß, dass ich am Mittwoch im Krankenhaus aufgenommen werden würde, um mit der Chemotherapie zu beginnen. Es liest sich jetzt vielleicht merkwürdig: Ich freute mich!

7. Die erste Chemotherapie

Ich war sehr ungeduldig. Ich wollte meine erste Chemotherapie so schnell wie möglich hinter mich bringen. Denn sie bedeutete Hoffnung auf Heilung. Das angeschwollene Lymphknotenpaket an meinem Hals war für niemanden mehr zu übersehen. Meinem Gefühl nach war es das größte Teil an meinem Körper. Das war es natürlich nicht, es war das größte Problem, das ich hatte.

Mittwochmorgen saß ich, nachdem ich mich angemeldet hatte, wieder im Wartebereich der stationären Aufnahme. Obwohl letzte Woche zur Vorbereitung auf die Rachen-OP schon Blut abgenommen und ein EKG gemacht worden waren, musste ich das nochmals über mich ergehen lassen. Ein Test auf Krankenhauskeime schloss sich an. Dann konnte ich Station 31 der Hämatologie aufsuchen. Nach kurzer Wartezeit führte man mich in mein Zimmer. Das übliche Patientenzimmer für zwei Personen. Das zweite Bett war nicht belegt. Ich räumte meine Sachen in den Patientenschrank und harrte der Dinge, die da kommen sollten. Sie kamen in Form einer Krankenschwester, die mir eine Flasche mit Mundspüllösung und eine Suspension gegen Mundpilzbildung mitbrachte. Alle zwei Stunden zu benutzen. Die Schleimhäute würden durch die Chemotherapie in Mitleidenschaft gezogen werden. Beide Mittel dienten der Vorbeugung. Ich musste fünf Kortisontabletten schlucken. Die

Dosierung weiß ich nicht mehr. Sie war jedenfalls hoch. Das Kortison war Bestandteil der Chemotherapie. Vor jeder Chemo musste ich die Tabletten einnehmen. Dadurch entgleiste mein Blutzucker. Insulin bekam ich gegen den hohen Blutzuckerspiegel jedoch nicht. Naja, wo gehobelt wird, fallen bekanntlich Späne. Sorgen machte ich mir wegen der Höhe des Blutzuckers keine. Der ging nach der Kortisonwirkung wieder runter, zeigte keine direkten Symptome, es ging hier um Wichtigeres. Jedenfalls wurde mir durch diese Maßnahmen klar, dass es ernst wurde. Aber genau das wollte ich ja.

Als Nächstes erschien Dr. Kaufmann und sagte, man könne die Chemotherapie durchführen, die Blutwerte seien in Ordnung. Das empfand ich bei späteren Chemos ziemlich belastend. Die Blutwerte waren ausschlaggebend für die Behandlung. Die bange Frage, ob die Behandlung durchgeführt werden konnte oder nicht, empfand ich als recht schlimm. Welche Parameter ausschlaggebend waren, weiß ich nicht. Ich fragte nicht danach. Ich wollte gar nicht so detailliert wissen, was so geschehen musste.

Dr. Kaufmann erläuterte, dass das Behandlungsziel bei mir die Heilung sei, also es nicht nur um Lebensverlängerung ginge. Wie er schon einmal erwähnte, hätten T-Zell-Lymphome zwar eine schlechte Prognose als andere Lymphome, gehörten aber zu den Non-Hodgkin-Lymphomen und diese seien wiederum gut zu behandeln. Es sähe also nicht unbedingt schlecht aus. Hörte sich für mich an wie fifty-fifty.

Dr. Kaufmann spritzte mir das erste Chemotherapeutikum. Das müsse sehr langsam geschehen, deshalb würde er das selbst machen, und mir nicht als Infusion geben, sagte er. Bei späteren Chemos geschah das nicht mehr.

Mir war nun der Herr Doktor für einen längeren Zeitraum recht nah. Mich verunsicherte das. Aus dieser Unsicherheit heraus erzählte ich drauflos. Ich erzählte von meiner Arbeit als Ergotherapeut. Ich weiß nicht, ob es ihn interessierte, immerhin hörte er zu. So überstand ich die für mich belastende Situation. Nachdem ich die Spritze intus hatte, bekam ich eine halbe Stunde später die nächste Dosis Chemo. Zwei Beutel hingen an einem Infusionsständer, einmal das Chemotherapeutikum, im anderen Beutel ein Antibiotikum Später gab es noch den Beutel mit den Antikörpern. Es dauerte ziemlich lange, bis ich das alles »geschluckt« hatte.

Ich musste aber nicht die ganze Zeit im Bett liegen, denn der Infusionsschlauch, der spiralig aufgerollt war, hatte eine enorme Länge. Man hatte genug Bewegungsfreiheit, um im Zimmer herumgehen zu können und konnte auch die Toilette erreichen.

Nachdem die Chemo beendet, das Antibiotikum »durchgelaufen« war, wie das Pflegepersonal dazu sagte, bekam ich dann Infusionen mit Kochsalzlösung. Die liefen über zwölf Stunden. Die Nieren müssten gut durchgespült werden, sagte man mir. Während dieser Zeit las ich oder löste Kreuzworträtsel. Dass die Infusionen die Nacht über liefen, störte nicht sehr. Ich achtete darauf, ob ich durch die Medikamente eine körperliche Veränderung spürte, merkte am ersten Tag jedoch nichts. Ich hatte mich zu Hause schon sehr mit dem Thema Chemotherapie und ihren Folgen beschäftigt. In der Stadtbücherei hatte ich mir einschlägige Literatur beschafft. Den meisten Horror hatte ich vor der Vorstellung, die Finger- und Fußnägel zu verlieren. Konnte je nach Chemotherapeutikum zusätzlich zu dem zu erwartenden Haarverlust auftreten. Vorweg kann ich schon mal sagen, dass das nicht geschah.

Was mich etwas nervte, war das regelmäßige Spülen des Mundes mit der Lösung und der Suspension. Ich fand es schwierig, immer daran zu denken. Da ich dies aber während der gesamten Dauer der Chemotherapie, die über sechs Monate ging, durchführen musste, gewöhnte ich mich im Lauf der Zeit daran. Ich glaube, sogar jetzt steht noch irgendwo bei mir zu Hause eine dieser Flaschen mit der Mundspülung herum.

Da keine Komplikationen auftraten, wurde ich am zweiten Tag mit der Auflage entlassen, einmal pro Woche von meiner Hausärztin Blut abnehmen zu lassen. Das Ergebnis musste sie in die Klinik faxen. Die Blutwerte sollten unter Kontrolle sein. Was passieren sollte, wenn sie es nicht waren, weiß ich nicht.

Ich hatte nun also meine erste Chemo hinter mir. Die nächste würde in drei Wochen in der Ambulanz der Hämatologie folgen. Der Rhythmus von drei Wochen sollte bestehen bleiben. Wie viel Zyklen an Chemotherapie ich erhalten würde, kam auf den Verlauf der Behandlung an.

Zuhause fand ich erst keine Ruhe. Ich war innerlich aufgewühlt, der Adrenalinpegel bei mir war wahrscheinlich sehr hoch. Mit Sicherheit war ich jedenfalls aufgeputscht von der hohen Dosis Kortison, die ich erhalten hatte. Das kannte ich noch von den Schüben meiner Colitis ulcerosa, als ich damals, ebenfalls hochdosiert, Kortison erhalten hatte.

Als ich zur Ruhe gekommen war, merkte ich nun doch Veränderungen an mir. Ich fühlte mich krank. Ein ganz allgemeines Unwohlsein. Es sollte in den nächsten Tagen noch stärker werden. Und mir war übel. Nicht so, dass ich mich übergeben musste, aber es reichte, um mich wirklich elend zu fühlen. Die Schwäche, die ich in den Knochen zu spüren meinte, war nicht ohne. Beim ersten kleinen Spaziergang, den meine Frau und ich unternahmen, merkte ich meine deutliche Kurzatmigkeit. Ich konnte nur langsam gehen, sonst hätte ich schlappgemacht. Wieder zu Hause, legte ich mich hin. Ich weiß nicht, ob das ein Fehler war, denn ich stand erst wieder auf, als es Zeit war, zu Bett zu gehen. Den nächsten Tag lag ich wieder im Wohnzimmer auf der Couch. Ich stand nur auf, um zur Toilette zu gehen oder um zu essen. Dem Essen konnte ich keinen

Geschmack abgewinnen, ich hatte keinen Appetit, aß aber trotzdem. Ich wusste, dass ich durch die Chemo abnehmen würde-, und wollte dem entgegenwirken. Also zwang ich mir das Essen rein.

Ich wollte meiner Frau zuliebe kein Jammerbild abgeben, aber tatsächlich hatte ich null Energie. Meine Frau hatte mir erzählt, dass ihr erster Mann zwischen seinen Chemobehandlungen den ganzen Tag auf dem Sofa verbracht hatte. Sie hatte das schrecklich gefunden. Ich wollte ihr das nicht antun, im Grunde hätte ich ihr gern meine Krebserkrankung erspart, da war aber leider nichts zu machen. Wie musste sie sich fühlen, erleben zu müssen, dass ihr zweiter Mann nun ebenfalls Krebs hatte?

Abends lag ich weiterhin auf dem Sofa. Der Fernseher lief. Meine Frau und ich hatten uns angewöhnt, nach dem Ende der Tagesschau irgendeine Serie auf einem der Streaming-Dienste anzuschauen. Damals schauten wir eine kanadische Polizeiserie. Ich lag seitlich auf der Couch und versuchte die Bilder zu verfolgen. War nicht sehr bequem. Auf dem Rücken liegen war besser. Ich legte mich also auf den Rücken, sah zur Zimmerdecke und machte aus der Fernsehserie ein Hörspiel. Reichte aus. Ich glaube, alle drei Staffeln der Serie brachte ich so zu. Zwischendurch schweiften meine Gedanken immer wieder mal in depressive Sphären ab und beschäftigten sich mit Sterben und Tod.

Wie mein Tod sein könnte, falls ich an der Erkrankung sterben müsste, wusste ich nicht so recht. Ich hatte keinen der Ärzte gefragt. Ich wollte es auch nicht so genau wissen. Ich kann mich nur an einen Bericht im Internet erinnern, in dem eine junge Frau, die an einem Lymphom im Bauchbereich erkrankt war, schrieb, dass ein Arzt ihr gesagt hätte, dass das wachsende Lymphom ihr im Spätstadium die Wirbelsäule zerbröseln würde. In meinem Fall wäre es dann wohl so, dass mir mein Lymphom entweder die Halsschlagader oder die Luftröhre abdrücken würde. Das könnte doch kein Mensch zulassen. Da gäbe es bestimmt Maßnahmen gegen. Notfalls operative Entfernung des Lymphoms. Aber wie gesagt. Ich fragte nicht.

Anfangs hatte ich sowieso angenommen, dass man das Lymphom, das für mich angsterregende Ausmaße angenommen hatte, operativ entfernen würde. Doch man sagte mir, dass es durch die Chemotherapie »wegschmelzen« würde. Ja, da konnte man nur das Beste hoffen.

Nachdem sich meine Frau mein depressives Gammeln auf dem Sofa zwei Wochen angeschaut hatte, meinte sie, ich müsse mal langsam aktiver werden. Sie hatte natürlich schon vorher Versuche gestartet, mich zu mobilisieren. Als ich nicht darauf reagierte, hatte sie es aufgegeben. Nun schien es ihr aber genug zu sein und sie wurde fordernder. Ihr Anliegen fiel auf fruchtbaren Boden. Dass dieser bereitet war, lag daran, dass es mit mir langsam körperlich aufwärtsging. Die Medikamente gegen meine Übelkeit schlugen an und ich fühlte mich nicht mehr so sterbenskrank.

Meine Frau machte den Vorschlag, dass wir endlich mal ins Kunstmuseum gehen könnten, da ich vorgehabt hatte, mir aus der Kunstsammlung ein Gemälde auszusuchen, um mich zu einer Kurzgeschichte inspirieren zu lassen. Um das zu erklären, muss ich weiter ausholen.

Schreibkram

Vor einigen Jahren fand in meiner Heimatstadt das erste Krimi-Festival statt. Bekannte Krimiautoren sollten in der Stadt Lesungen abhalten. Gleichzeitig waren die Bürger dazu aufgerufen, selbst einen Kurzkrimi zu schreiben und sich an einem diesbezüglichen Wettbewerb zu beteiligen. Da ich in jungen Jahren schon mal Kurzgeschichten geschrieben hatte, das aber wieder eingeschlafen war, dachte ich, es sei eine gute Gelegenheit, das wieder zu beleben. Ich schrieb also einen Kurzkrimi und schickte ihn ein. Hört sich jetzt so leicht an. Doch benötigte ich einige Zeit, ihn zu schreiben. Zum Ende hin stockte es sogar. Ich wusste nicht, wie ich den Schluss des Krimis gestalten sollte. Eine etwa zweiwöchige schöpferische Pause half und es gelang mir, einen annehmbaren Schluss zu schreiben. Und siehe da: Mein Kurzkrimi kam auf einen der vorderen Plätze und wurde in der regionalen Presse veröffentlicht. Dadurch motiviert schrieb ich weitere Kurzkrimis, bekam sie natürlich bei keinem Verlag unter.

Ich bekam die Sache aber nicht aus dem Kopf. Per Zufall stieß ich im Internet auf eine Webseite, auf der man Texte einstellen konnte, die von anderen Usern besprochen wurden. Ich war Feuer und Flamme. Ich stellte Texte von mir ein, las Texte von anderen, ein reger Kontakt entwickelte sich. In einer Gruppe fand ein monatlicher Schreibwettbewerb statt. Ein Thema, ein Gemälde oder ein Foto wurde vorgegeben und man hatte drei Wochen Zeit, eine Geschichte zu schreiben und auf der Website einzustellen. Andere User konnten die Geschichte lesen und bewerten. Ich nahm mit Begeisterung teil. Dass ich mehrmals den ersten Platz in den Wettbewerben belegte, motivierte mich natürlich sehr.

Diese Aktivitäten veranlassten mich, an der »Schule des Schreibens«, einen Fernkurs in »Belletristik« zu belegen. Der Kurs ging über zwei Jahre und ich begann, mich intensiv mit dem Thema Schreiben zu beschäftigen. Als ich den Kurs beendete, war mein Fantasyroman »Arthan der Krieger« entstanden. Es gelang mir, das Manuskript bei einem Berliner Verlag unterzubringen, der den Roman veröffentlichte. Der Verlag führte zwar kein Lektorat durch, übernahm aber sonst alle Kosten. Ich suchte mir online eine Lektorin, die den Roman bearbeitete.

Viel Erfolg war mir mit dem Roman nicht beschieden. Für echte Fantasyleser war er viel zu kurz. Das Buch hatte nur 167 Seiten. Es gab also nicht viele Verkäufe. Doch egal: Es war toll, das erste eigene Buch in Händen zu halten.

Was mich weiter umtrieb, war die Tatsache, dass mir Leute fehlten, mit denen ich mich direkt über das Schreiben austauschen und Texte besprechen konnte. Die Webseite, auf der ich meine Texte einstellte, war, was das betraf, wenig befriedigend.

In meiner Heimatstadt gab es einen Verein, der sich dem Schreiben widmete, die »Schreibwerkstatt e. V.«. Ich liebäugelte damit, diesem Verein beizutreten. Bevor ich das tat, besuchte ich eine Lesung des Vereins. Ich war von den Texten, die ich dort hörte, sehr beeindruckt. An dieses Niveau kam ich meiner Meinung nach nicht heran. Also ließ ich es mit dem Eintritt in den Verein. Ich hatte eine andere Idee. Ich setzte eine Annonce in das Regionalblatt, in der ich nach anderen Schreibbegeisterten fragte. Es fanden sich tatsächlich vier Schreibinteressenten. Wir trafen uns das erste Mal in einem Lokal und brachten »Leseproben« mit. Ab diesem ersten Treffen trafen wir uns regelmäßig alle zwei Wochen privat. Jedes Mal bei einem anderen Mitglied.

Da waren ein junger Handwerker, ein Betriebswirt in mittleren Jahren, eine junge Psychologin, die gerade mit dem Studium fertig war, eine Ärztin, nahe dem Rentenalter, und ich, der ebenfalls ältere Ergotherapeut.

Wir gingen ebenso vor wie auf der genannten Website, suchten uns ein Thema, ein Foto oder ein Gemälde und nutzten dies als Inspiration für eine Geschichte. Zu Beginn der Treffen brachte jeder brav eine Kurzgeschichte mit. Aber so nach und nach änderte sich das. Immer wieder hatte der ein oder andere keine Geschichte dabei. Die Abende waren trotzdem gefüllt, es gab genug Themen, über die man reden konnte. Ich für mein Teil hatte immer eine Geschichte dabei, irgendwann war ich der Einzige. Als dann die Ärztin, die direkt von ihrer Arbeit zu unseren Treffen kam, den Vorschlag machte, zu unseren Treffen eine Kleinigkeit zu essen, war das der Anfang vom Ende. Die Anderen waren von dem Vorschlag begeistert, ich hielt mich zurück. So erstaunlich es klingen mag, die Treffen entwickelten sich immer mehr zu einem geselligen Abend, wo es hauptsächlich um das Essen ging. Es wurden sogar Rezepte ausgetauscht. Ich sah meine Felle davonschwimmen. Und es kam, wie es kommen musste. Der Handwerker zog in eine andere Stadt, die Psychologin erschien einfach nicht mehr. Wir anderen trafen uns zwar noch zu geselligem Beisammensein, doch irgendwann war auch das vorbei. Ab einem gewissen Punkt trafen wir uns einfach nicht mehr.

Da stand ich nun wieder mit meinen Texten und konnte sie mit niemandem besprechen.
Ich entschloss mich, an einem Volkshochschulkurs »Erzählungen« teilzunehmen, um dort eventuell Kontakte knüpfen zu können. Ich meldete mich an.

Der Zufall wollte es, dass die Leiterin des Volkshochschulkurses im Vorstand der Schreibwerkstatt war. Der Kurs lief gut, die Leiterin konnte mich überzeugen, dass die Schreibwerkstatt durchaus geeignet für mich sei und ich trat kurzentschlossen dem Verein bei. Ein Jahr später ließ ich mich zum Schriftführer des Vereins wählen, weil dieser Posten zu diesem Zeitpunkt vakant war.

Wir führen mit dem Verein Lesungen durch. Es gibt die Sommerlesung und die Winterlesung. Ab und zu gibt es besondere Lesungen. Solch eine Lesung hatte vor der Tür gestanden, als ich meine Krebserkrankung bekam. Der »Hessische Tag der Literatur« stand an. Alle Literaturvereine in Hessen waren an diesem Tag aufgerufen, Lesungen in ihren Städten durchzuführen. Für dieses Jahr hatten wir im Vorstand beschlossen, das Kunstmuseum aufzusuchen, ein Gemälde auszuwählen, um dann, inspiriert von diesem Bild, eine Geschichte zu schreiben. Wir wollten uns zu einem bestimmten Termin im Museum treffen, damit jeder ein Bild auswählen konnte. Leider lag ich zu diesem Termin in der Klinik. Da ich hoffte, zum Lesetermin fit genug zu sein, um an der Lesung teilnehmen zu können, wollte ich mir noch ein Bild aussuchen. Es wurde langsam Zeit dazu. Der Lesungstermin rückte näher und ich hatte noch keine Geschichte.

Deshalb fiel, wie erwähnt, der Vorschlag meiner Frau, ins Museum zu gehen, auf fruchtbaren

Boden. Wir machten uns also auf, um das Kunstmuseum zu besuchen.

Ich war ziemlich wackelig auf den Beinen, übel war mir auch. Als wir das Haus verlassen hatten und im Museum ankamen, ging es mir besser. Ich glaube, dass die anderen Besucher um mich herum und die zu betrachtenden Kunstwerke mich einfach von meinem Elend ablenkten.

Wir schauten in Ruhe alle Gemälde an und ließen uns Zeit. Am ehesten gefiel mir das Gemälde »Der Briefbote im Rosenthal« von Carl Spitzweg, heißt: Dazu fiel mir spontan eine Geschichte ein.

Kaum zu Hause setzte ich mich hin, um die Geschichte zu beginnen. Doch da kamen Zweifel auf. Würde mir in meinem depressiven Zustand überhaupt eine Geschichte gelingen? Ich hatte plötzlich echte Bedenken. Ich musste sowieso bei jedem Schreibbeginn erst mal eine Hürde überwinden. Hatte ich aber begonnen zu schreiben, war ich schnell im Schreibfluss. Und so war es auch diesmal. Als ich die erste Seite zu Papier gebracht hatte (den ersten Entwurf schreibe ich immer mit der Hand), lief es wie von selbst.

Es entstand eine Geschichte über einen Postboten, der seinen letzten Arbeitstag hat, bevor er in Rente geht. Er wird von seinen langjährigen »Kunden« mit einem besonderen Geschenk überrascht.

Das Schreiben dieser Geschichte war ein Erfolgserlebnis. Ich hatte mich und meine Umgebung vollständig vergessen, die

Krebserkrankung war für die Zeit des Schreibens vollständig verschwunden gewesen. Und es brachte insgesamt eine Veränderung für mich. Mir war bewusst geworden, dass ich trotz meiner Erkrankung weiterhin kreativ sein konnte. Ich fühlte mich positiv und hoffnungsvoll gestimmt. Und obwohl es mir in der folgenden Zeit mit meiner Erkrankung weiterhin schlecht ging, konnte ich diese positive Stimmung mit in die Zukunft nehmen.

Bei dem Thema Lesung fällt mir meine erste Lesung ein, die ich jemals in meinem Leben durchführte. Das war Mitte Mai 2011 und war mit einigen Schwierigkeiten verbunden.

Lesung mit Hindernissen

Ich hatte es geschafft, beim net-Verlag einige meiner Kurzgeschichten in drei Anthologien unterzubringen. Das fand ich schön und erfreulich. An eine Lesung hatte ich da noch nicht gedacht. Wie sollte es auch zu einer Lesung kommen? Eigeninitiative ist nicht so mein Ding, außerdem war ich davon ausgegangen, dass Lesungen immer von Verlagen initiiert werden. Dass man da als Autor selbst tätig werden darf, und kann, ist mir erst heute klar. Ist gut, dass man dafür nicht unbedingt durch einen Verlag legitimiert werden muss.

Jedenfalls flatterte mir eines Tages vom net-Verlag eine E-Mail ins Haus, in der angefragt wurde, ob ich denn Interesse an einer Lesung hätte, die in der Stadtbibliothek Kronberg im

Taunus stattfinden sollte. Eine junge Autorin, die es auch in eine Anthologie des Verlages geschafft hatte, war dabei diese Lesung zu organisieren. Wie ich später von der ihr erfuhr, hatte sie in der Bibliothek ein Praktikum gemacht und somit die entsprechenden Beziehungen. Die Verlegerin des net-Verlages würde ebenfalls an dieser Lesung teilnehmen, die Arbeit des Verlages vorstellen und natürlich einige Bücher zum Kauf anbieten. Tja, was nun? Ich hatte mir schon mal Gedanken gemacht, wie es denn mit einer Lesung aussehen könnte, hatte diesen Gedanken aber nicht weitergesponnen, da nicht ersichtlich war, dass es je dazu kommen würde. Im ersten Moment war ich zwar Feuer und Flamme, aber nur zwei Gedankensprünge weiter erlosch diese Glut bei der Vorstellung, vor Publikum lesen zu müssen.

In meiner Eigenschaft als Ergotherapeut hatte ich einige Vorträge über die Arbeit mit Demenzkranken und über die Hilfsmittelversorgung verschiedener neurologischer Erkrankungen gehalten. Nach diesen Vorträgen stand für mich fest: nie wieder! Das Lampenfieber vor diesen Vorträgen hatte mich fast umgebracht. Ich wollte so etwas wirklich nie mehr tun müssen!

Doch einen Text vor Publikum vorlesen war etwas anderes als einen Vortrag in freier Rede halten zu müssen, in dem jede Information trotzdem geordnet vorgebracht und ihren Platz haben musste.

Vorlesen traute ich mir dann also schon zu. Außerdem wollte ich wissen, wie das ist: Den eigenen Text vor einem fremden Publikum vortragen. Wie schon erwähnt war ich Gründungsinitiator einer kleinen Autorengruppe in meiner Heimatstadt. In dieser Gruppe hatte ich schon Texte vorgetragen. Da mir in dieser Gruppe die Leute wohlgesinnt waren, war es keine Kunst, einen Text vorzulesen, obwohl dort nicht mit Kritik gespart worden war.

Lange Rede, kurzer Sinn. Zu der Lesung in Kronberg sagte ich nun per Mail jedenfalls zu. Einige Tage später kam dann eine Info-Mail der Leiterin der Stadtbibliothek zurück. Wir würden mit insgesamt vier Autoren lesen, jeder hätte 15 bis 20 Minuten Zeit, seine Texte vorzutragen. Selbstverständlich seien Texte aus den Anthologien des net-Verlages auszuwählen. Jetzt ging es darum, die entsprechende Geschichte auszuwählen. Ich tendierte zu „Der Geisterbär" einer kleinen Fantasy-Geschichte, die meine erste war, die vom net-Verlag veröffentlicht worden war. Leider war ich mit der schon nach sieben Minuten durch, die anderen beiden Geschichten, die mir zur Verfügung standen, waren zu lang, um sie in der vorgegebenen Zeit vorzutragen. Also nahm ich mir „Der Zauberer und sein Geselle" vor, eine Schelmengeschichte, die ebenfalls im Fantasy-Bereich angesiedelt ist. Mit der kam ich auf fünfzehn Minuten Lesezeit, war also genau das Richtige.

Die Lesung sollte Mitte Mai stattfinden, ich hatte also noch zwei Monate, um meine Geschichte zigmal rauf und runter zu lesen. Das tat ich dann auch. Ich veränderte sogar einige Textstellen, die ich mir dann mit Bleistift zwischen die Zeilen im Buch schrieb. Einzelne, wie ich jetzt beim Lesen feststellte, unnötige Passagen strich ich ganz. Das machte den Text besser. Allein das war schon eine positive Erfahrung, die ich machen durfte, bevor die Lesung überhaupt stattgefunden hatte.

So ging die Zeit dahin, bis es zwei Wochen vor Lesungsbeginn war. Da bekam ich einen Schub meiner chronischen Darmerkrankung, an der ich seit vier Jahren litt. Sie war zwar durch Medikamente gut eingedämmt, es kam aber immer wieder zu einem Schub. Leider mit schmerzhaften Darmkrämpfen und blutigem Durchfall.

Ich wurde von meinem Hausarzt krankgeschrieben und verbrachte die darauffolgende Zeit mit einer auf dem Bauch positionierten Wärmflasche auf dem Sofa. Oder ohne Wärmflasche auf der Toilette. Gefühlt war ich natürlich mehr auf der Toilette als auf dem Sofa.

Also: Arbeiten war nicht, was war aber mit meiner Lesung? Da wollte ich mittlerweile unbedingt hin, auch wenn meine Bauchschmerzen nicht besser wurden, wenn ich daran dachte. Oder sollte etwa die bevorstehende Lesung der Auslöser für den Schub meiner Krankheit sein? Bitte nicht, konnte ich da nur denken. Ich musste erst mal abwarten.

Drei Tage vor der Lesung war mein Zustand so, dass der blutige Durchfall beendet war. Schmerzhafte Krämpfe hatte ich jedoch immer noch.

Am Tag der Lesung war es so, dass ich noch Krämpfe und Schmerzen hatte. Leider hatte sich wieder leichter Durchfall eingestellt.

Die Lesung sollte um neunzehn Uhr dreißig beginnen, wir Autoren sollten eine halbe Stunde vorher erscheinen, um die Details abzusprechen. Meine Frau, mein Stiefsohn und ich fuhren um ungefähr fünf Uhr los, für die Fahrt nach Kronberg würden wir zwei Stunden benötigen. Meine Nervosität, die sich im Laufe des Tages eingestellt hatte, erreichte so langsam ihren Höhepunkt, sodass ich die Schützenhilfe durch meine beiden Begleiter sehr begrüßte.

Wir erreichten Kronberg ohne Probleme, die Stadtbibliothek selbst war schnell gefunden. Einer der Autoren hatte kurzfristig abgesagt, die beiden anderen Autorinnen waren schon da. Selbstverständlich mit Begleitschutz. Die Verlegerin des net-Verlag stellte sich vor. Sie entpuppte sich als eine nette, sympathische Frau. Das Besondere an ihr war natürlich die Tatsache, dass sie die Person war, die meine Geschichten veröffentlicht hatte.

Die Stimmung war wohltuend entspannt. Es wurde kurz abgesprochen, wie die Reihenfolge von uns Autoren für die Lesung sein sollte, ein Pressefoto wurde von einem Mitarbeiter des Kronberger Anzeiger gemacht und ich konnte noch, bevor es losging, auf die Toilette verschwinden und erledigen, was zu erledigen war.

Eine der Autorinnen war vor mir an der Reihe, ich hatte den mittleren Part. Als dann meine „Vorleserin" vor dem Lesepult saß, ging die Lesung also los. Ich hatte sofort den totalen Realitätseinbruch und dachte, das schaffst du nie, konnte aber nichts mehr machen, die Chose lief. Von der Geschichte meiner „Vorleserin" bekam ich nicht ein Wort mit. Meine Wahrnehmung schien leicht getrübt. An dem aufbrandenden Applaus merkte ich, dass sie fertig gelesen hatte. Als der Applaus verklungen war, wartete ich auf ein Zeichen der Bibliotheksleiterin, dass ich lesen solle. Das Zeichen kam nicht. Die Lesungen wurden durch einen eigens engagierten Musiker mit Gitarrenmusik untermalt, das heißt, er spielte zwischen den einzelnen Lesungen. Ich unterbrach einfach sein Spiel und machte mich mit wackligen Beinen auf den Weg zum Lesepult. Es hielt mich niemand auf, ich schien bisher also alles richtig gemacht zu haben. Als ich am Lesepult war, merkte ich, dass ich mein Glas mit Wasser vergessen hatte, welches ich aber dringend benötigte, da mein Mund und meine Kehle plötzlich so trocken wie die Wüste Sahara waren. Ich befürchtete schon, kein Wort herausbringen zu können. Irgendeine gute Fee muss es ihr eingegeben haben, denn eine Frau aus dem Publikum stellte mir ein Glas mit Wasser auf das

Pult. Es kann auch eine Mitarbeiterin der Bibliothek gewesen sein. Keine Ahnung.

Ich nahm einen Schluck Wasser und begann zu lesen. Das Wasser hatte keine Wirkung, trotz Wüste im Mund musste ich lesen. Aber siehe da! Es funktionierte. Ich las und las. Ich weiß zwar nicht, was ich las, doch ich hatte den Eindruck, dass die Zuhörer genau an den richtigen Stellen lachten und an den Stellen, an denen Betroffenheit gefragt war, betroffen waren. Der laute Applaus zeigte mir, dass ich meinen Text zu Ende gelesen hatte und ich blieb einen Moment ruhig stehen, um den Beifall zu genießen. Und das war toll! Machte mir Lust, gleich noch was zu lesen. Aber das ging ja nun nicht.

Ich setzte mich zu meinen Angehörigen und lauschte der Autorin, die die Lesung organisiert hatte und jetzt ihren Lesepart hatte. Ich konnte sie gut verstehen und ihrem Text folgen. Entspannt und gelöst, wie ich nun war, war das kein Problem.

Die Geschichte von ihr hatte ich schon gelesen. Eine Liebesgeschichte aus der Anthologie „Herzensangelegenheiten", in der ich auch mit einer Geschichte vertreten war. Als ich ihre Geschichte gelesen hatte, kam sie mir ein bisschen langweilig vor. War sie jetzt aber überhaupt nicht. So, wie die Autorin ihre Geschichte vorlas, wurde mir die Lebendigkeit des Textes erst richtig deutlich. Tja, es kommt eben darauf an, wie man einen Text liest. Nachdem die Letzte ihre Geschichte zum Besten gegeben hatte, gab es ein bisschen Gebäck, bisschen Small Talk und dann stellte die Verlegerin des net-Verlages das Konzept und die Arbeit ihres Verlages vor. Danach gab es noch eine Runde, ihn der wir Autoren Fragen aus dem Publikum beantworten konnten, der net-Verlag konnte noch ein paar Bücher an den Mann beziehungsweise an die Frau bringen und die Lesung war gelaufen. Auf der Rückfahrt war ich sehr aufgedreht und freute mich schon auf meine nächste Lesung, die irgendwo in den Sternen stand.

8. Ambulante Chemotherapie

Fast drei Wochen waren nun nach meiner ersten Chemotherapie vergangen. Ich war psychisch und körperlich wieder besser beisammen. Meine zweite Behandlung stand bevor. Allerdings hatte ich vorher noch einen anderen Termin. Es sollte ein Portkatheter gelegt werden. Dazu musste eine kleine Operation durchgeführt werden, die ambulant erledigt werden konnte. Ein Portkatheter ist ein dauerhafter Zugang von außen in eine Vene. Er ist für Krebspatienten gedacht, die häufiger Medikamente direkt in die Blutbahn erhalten. Der »Port« ist eine kleine drei Zentimeter durchmessende Kammer aus Metall oder Kunststoff mit einer Membran und einem flexiblen Schlauch, der in eine herznahe Vene mündet. Deshalb wird der Port meist unterhalb des Schlüsselbeins eingesetzt.

Das Einsetzen des Ports war eine Sache von vielleicht zwanzig Minuten. Warten darauf musste ich jedoch drei Stunden. Der Operateur, der den Port einsetzte, war entweder sehr routiniert oder er wollte so erscheinen. Denn er pfiff während des Eingriffs eine kleine Melodie und wirkte dadurch sehr entspannt. Auf mich hatte es jedenfalls eine beruhigende Wirkung.

Vor der zweiten Chemotherapie hatte ich Angst. So sehr ich die erste Behandlung gewollt hatte, so sehr wollte ich die zweite nun nicht. Ich hatte

Angst vor dem Zustand danach. Ich würde mich wieder so krank und elend fühlen wie vor drei Wochen. Diese Vorstellung war der Horror.

Am nächsten Tag, es war ein Dienstag, fuhr mich meine Frau zur Klinik und setzte mich dort ab. Ich ging zum Westteil der Klinik und fuhr in den zweiten Stock, meldete mich im IAC (Interdisziplinäre ambulante Chemotherapie) an und setzte mich in den Wartebereich vor dem Behandlungsraum. Hier saßen schon andere Leidensgenossen. Den Grad der Chemotherapie, den die Leute hinter sich hatten, schloss ich aus den mehr oder weniger ausgedünnten Haaren. Die die keine Haare mehr besaßen waren wohl am Ende der Behandlung angelangt. Ich wusste damals nicht, dass es Chemotherapien gab, die keinen Haarausfall verursachten. Freudige Gesichter sah ich keine. War auch nicht zu erwarten gewesen. Wir waren alle aus dem gleichen üblen Grund hier.

Das Pflegepersonal und wir Patienten trugen Mund-Nasen-Bedeckungen. Bei allen Chemopatienten war das Immunsystem geschwächt, sie mussten gegen Infektionen geschützt sein.

Ich weiß nicht, wie das bei meinen Leidensgenossen aussah, ich jedenfalls fühlte mich mit allen anderen verbunden, solidarisch. Wir saßen alle im gleichen Boot, hatten alle das gleiche Schicksal und wollten alle das Gleiche: gesund werden.

Dass es Schicksalsunterschiede gab, sollte ich noch erkennen.

Als der Therapieraum geöffnet wurde und alle durch die Doppeltür strömten, konnte ich sehen, dass es sich um einen sehr großen Saal handelte. Dieser war durch brusthohe Stellwände unterteilt. Dadurch entstanden Abteile, in denen drei bis vier Behandlungssessel standen, neben jedem ein kleiner Rolltisch und ein Infusionsständer. Ich machte es den anderen nach, suchte mir einen der Sessel aus und nahm Platz. Ich saß in der Mitte des Saals.

An die acht Pflegekräfte schwärmten aus, um uns Patienten Blut abzunehmen. Ich musste einige Zeit warten, bis ich an der Reihe war. Eine freundliche Krankenschwester nahm mir Blut ab und klärte mich auf, dass ich nun auf das Ergebnis der Blutuntersuchung warten müsse. Erst dann könne die Chemotherapie durchgeführt werden. Falls die Blutwerte schlecht wären, gäbe es keine Chemotherapie. Man müsse die Behandlung dann verschieben. Was „schlechte Blutwerte" waren, wusste ich nicht. Ich fragte aber nicht nach. Die würden hier schon wissen, was sie taten. Das mit dem Verschieben der Chemotherapie war mir so nicht bekannt. Ich hatte zwar Angst vor der Chemo, aber ausfallen lassen wollte ich sie natürlich nicht. Mein Leben hing davon ab. Also wartete ich jetzt mit Bangen auf das Ergebnis der Untersuchung. Zwei volle Stunden musste ich mit Ungeduld warten. Die Blutwerte waren in Ordnung. Als Erstes bekam ich meine Dosis Kortison, danach kamen die Beutel mit den entsprechenden Chemotherapeutika. Die Zufuhr der Medikamente war durch die Portanlage sehr unproblematisch. Es musste keine Kanüle gelegt werden, der Port wurde einfach mit einer speziellen Portnadel angestochen und die Chemie konnte ihre Wirkung tun.

Dass das Schicksal meiner Mitpatienten und mir nicht unbedingt gleich war, zeigte sich bei meiner Nachbarin, einer zirka siebzigjährigen Frau. Sie machte einen unruhigen Eindruck, rutschte auf ihrem Sessel hin und her. Sie schien Schluckbeschwerden zu haben. Plötzlich stöhnte sie, beugte sich nach vorn und ein Schwall Erbrochenes kam aus ihrem Mund. Sogleich waren zwei Schwestern zur Stelle und kümmerten sich um sie.

»Wir müssen die Behandlung abbrechen. Kommen Sie bitte«, sagte die eine der Krankenschwestern. Die Infusion wurde eingestellt, man führte die Frau in einen Nebenraum. Hier konnte sie sich hinlegen, wie ich sehen konnte.

Tja, wie würde das für diese Patientin weitergehen, wenn sie die Chemo nicht vertrug? Ein Gedanke, den ich nicht zu Ende denken wollte.

Bei einem weiteren Patienten wurde die Chemotherapie ebenfalls wegen Übelkeit abgebrochen. Die Behandlung schien nicht so einfach, wie ich mir das anfangs vorgestellt hatte.

Ich merkte, wie bei der ersten Chemotherapie keine Wirkung der Medikamente. Wie ich mittlerweile wusste, würde das noch kommen.

Etwa dreißig Leute plus Pflegepersonal befanden sich im Raum. Erstaunlicherweise herrschte trotz der Ereignisse eine ruhige Atmosphäre. Die Pflegekräfte machten einen gelassenen Eindruck. Es ließ sie sehr kompetent wirken. Sie waren es auch.

Ich hatte schon eine Weile in meinem Behandlungsstuhl verbracht, als Dr. Kaufmann und ein anderer Arzt auftauchten. Dr. Kaufmann stellte ihn mir als Dr. Marker vor, Oberarzt in der Hämatologie. Sie wollten mein Lymphom untersuchen, um zu sehen, ob die erste Chemotherapie denn Wirkung gezeigt hatte. Ich hatte das schon selbst zu Hause beobachtet und festgestellt, dass das Lymphom das Wachstum eingestellt hatte. Beide befühlten die Kugel an meinem Hals und Dr. Kaufmann meinte: »Das fühlt sich immer noch wie ein Hartgummiball an. Kleiner geworden ist es nicht.« Sie schienen beide von der Behandlung enttäuscht zu sein. Ich ließ mich davon aber nicht beeinflussen, für mich war der Wachstumsstillstand des Lymphoms ein Erfolg! Die nächsten Wochen zeigten dann, dass die Schwellung am Hals kleiner wurde.

Nach drei Stunden, so gegen Mittag, war die Prozedur beendet. Ich hatte mir zwar etwas zu essen und zu lesen mitgenommen, aber ich aß nichts und konnte auch nicht lesen. Ich hatte nur von dem Mineralwasser getrunken, das uns

Patienten kostenlos zur Verfügung stand. Den Ratschlag, viel zu trinken, bekam ich sowieso mit auf den Weg. Die letzten beiden Stunden der Behandlung hatte ich Infusionen mit Kochsalzlösung erhalten. Die Nieren durchzuspülen war wichtig.

Die Nebenwirkungen dieser zweiten Chemo waren nicht so gravierend wie bei der ersten. Ich hatte zwar das bekannte Krankheitsgefühl und mir war übel, doch alles in einer geringeren Ausprägung. Dieses Mal ging ich fast jeden Tag eine halbe Stunde spazieren. Ich fühlte mich insgesamt kräftiger als nach der ersten Behandlung. Depressive Symptome wie bei der ersten Behandlung traten nicht auf.

Ostern stand vor der Tür. Ein Fest, auf das ich mich immer schon sehr gefreut habe. Auch dieses Jahr färbte ich mit meinen zwei kleinen Enkeln die Ostereier. Diesmal aber mit dem Gedanken, es könne eventuell das letzte Mal sein. Ich konnte dieses Ostern, vielleicht gerade wegen dieses Gedankens, sehr bewusst genießen. Für meine Enkel habe ich dieses Jahr sehr befremdlich gewirkt. Denn mittlerweile waren meine Haare verschwunden.

Ich hatte aber mit den beiden gesprochen und ihnen erklärt, dass ich krank sei und durch die Medikamente meine Haare ausfallen würden. Dass ich eine lebensbedrohliche Erkrankung hatte, sagte ich ihnen nicht. Sie hätten es mit ihren drei und sechs Jahren nicht verstanden und ängstigen wollte ich sie keinesfalls.

Den Haarausfall hatte ich ungefähr eine Woche vorher festgestellt. Meine Frau, eine Freundin und ich waren auf einem Ostermarkt gewesen und hatten uns am Ende des Marktbummels in einen der aufgestellten Pavillons gesetzt, um Kaffee und Kuchen zu genießen. Die Tische, an denen wir saßen, waren mit blütenweißen Tischtüchern bedeckt. Darauf bemerkte ich plötzlich eine Menge kurzer Haare, deren Vorhandensein ich mir im ersten Moment nicht erklären konnte. Dann traf mich die Erkenntnis. Es waren Barthaare von mir. Ich trug schon seit ewigen Zeiten Schnurr- und Kinnbart. Nun fielen mir also die Barthaare aus. Ich hatte schon bemerkt, dass meine Kopfbehaarung immer dünner wurde. Das war der klare Beweis, dass die Chemotherapie Wirkung zeigte.

Mit einem lächerlichen dünnen Bart wollte ich nicht rumlaufen. Den gleichen Abend rasierte ich ihn ab. Einige Tage später fielen ebenfalls die letzten Kopfhaare dem Rasierer zum Opfer. Bis zum Ende der Chemotherapie hatte ich bis auf drei Haare am rechten Unterarm, die gesamte Körperbehaarung verloren. Ich fand es weder tragisch noch erschreckend. Es war gleichzeitig das Zeichen an meine Umgebung, dass ich ernsthaft krank war. Ich hatte in einem Zeitungsartikel gelesen, dass viele Krebskranke ihre Erkrankung verbergen, nicht wollen, dass man erfährt, dass sie krank sind. Mir hat das nichts ausgemacht. Ich konnte dazu stehen, krebskrank zu sein. Ich sage mal, ich war mir keiner Schuld bewusst.

Nach Ostern stand die Hochzeit meiner Stieftochter an. Es würde eine relativ pompöse Feier werden. Ihr zukünftiger Ehemann hatte eine große Familie und eine Menge Freunde. Gefeiert werden sollte im Garten seiner Eltern, der ein Riesenteil sein sollte. Bestätigte sich tatsächlich. Geplant war, dass meine Frau und ich dort übernachten sollten, um am nächsten Tag bei den Aufräumarbeiten zu helfen. Der nächste Tag aber würde der Sonntag sein, an dem der »Tag der hessischen Literatur« stattfand. Die Lesung mit unserem Verein wollte ich nicht versäumen. Also würde ich am Tag der Hochzeitsfeier mit meinem ältesten Stiefsohn und seiner Familie nach Hause zurückfahren.

Zur Hochzeit war schönes Wetter, die Hochzeit war ebenfalls schön. Ich fühlte mich von der letzten Chemo noch geschwächt, aber es ging. Ich war sehr blass, sah echt krank aus. Ich hätte aber die Hochzeit um nichts versäumen mögen.

Die Lesung am nächsten Tag war gut besucht, es machte einen Riesenspaß. Ich hatte das Gefühl, dass meine Geschichte um meinen Postboten gut ankam.

»Der Zusteller«

Claus Sauerwald ging mit forschem Schritt die Reitgasse hinauf. Langjährige Erfahrung hatte ihn gelehrt, dass er die nicht unerhebliche Steigung des Weges so am besten bewerkstelligen konnte. Seinen Zustellwagen, der noch mit einigen Briefsendungen versehen war, schob er vor sich her. Er hatte ihn heute zum letzten Mal im Zustellstützpunkt am Briefsortiertisch mit den Briefen gepackt. Heute war sein letzter Arbeitstag, ab morgen war er Rentner. Er schaute nach oben. Er sah hellblauen Himmel, verziert mit ein paar Schäfchenwolken. Es war angenehm warm, passend für den Monat Juni. Wenn er bei einem solchen Firmament von der Reitgasse in die Wettergasse schaute, fiel ihm immer das Gemälde von Carl Spitzweg »Der Briefbote im Rosenthal« ein. Die Szenerie erinnerte ihn deutlich daran. Nicht etwa, dass Claus kunstinteressiert gewesen wäre. In ihrer Familie war Claus Frau diejenige, die ein Faible für Kunst hatte. Und sie hatte es tatsächlich einmal geschafft, ihren Mann zu bewegen, sie ins Kunstmuseum zu begleiten. Da war ihm dieses Bild ins Auge gefallen. Aber tatsächlich nur, weil auf diesem Gemälde ein »Kollege« von ihm zu sehen war. Ein Künstler hatte also seinen Berufsstand auf einem Werk verewigt. Und das schon 1858. Die Jahreszahl hatte er sich leicht merken können, war er doch 1958, also hundert Jahre später, eingeschult worden. Dass das Bild in einem Museum ausgestellt war, hatte ihn besonders beeindruckt. Ja, dies erfüllte ihn sogar mit Stolz auf sein Metier. Er hatte schon immer gern in seinem Beruf gearbeitet. Er liebte den Kontakt zu seinen

Kunden. Claus war ein offener Mensch, der gern auf sein Gegenüber zutrat und es ansprach. Daher kannte er seine Briefkunden. Er wusste um ihre kleinen und großen Sorgen. Durch seine zugewandte Art öffneten sie sich ihm schnell. Und zwar deswegen, weil sie sein echtes Interesse an ihnen spürten. Es war nicht Neugier, die diesen netten Postboten veranlasste, sie zu fragen, wie es ihnen ginge, was sie bedrückte.

Claus Sauerwald hatte die Wettergasse erreicht. Zunächst hatte er einen Brief an Frau Knieriem abzuliefern, einer alteingesessenen Bürgerin. Wie es aussah, war es ein Brief von ihrer Tochter, die mit ihrem Mann und ihren zwei kleinen Kindern in Wilhelmshaven lebte. Wie er von Frau Knieriem wusste, kam die Tochter leider viel zu selten zu Besuch. Ihm fiel ein, dass er genau jener Frau Knieriem in einer schwachen Stunde von dem Bild des Postboten im Rosenthal und seiner sentimentalen Regung dazu erzählt hatte. Wie er gehofft hatte, hatte sie davon nichts weitererzählt. Jedenfalls hatte er nichts davon mitbekommen. Es wäre ihm peinlich gewesen, wenn das an die Öffentlichkeit gelangt wäre. War das doch eine sehr persönliche Mitteilung gewesen.

Nun, heute fielen ihm noch einige andere Personen ein, zu denen er engeren Kontakt geschlossen hatte. Das war in der langen Zeit seiner Arbeit nicht ausgeblieben. Lag mit Sicherheit an seiner sozialen Ader. Frau Metzger und Frau Moldau, zwei ältere Damen, die nicht mehr ganz so gut zu Fuß waren, brachte er die

Briefe immer zur Wohnungstür, statt sie unten an der Haustür in den Briefkasten zu werfen. Dem blinden Herrn Kubicki hatte er auch schon mal den einen oder anderen Brief vorgelesen und bei Frau Ludwig hatte er bei einem Wasserrohrbruch geholfen, als er zufällig vorbeikam. Jedes Mal, wenn er Frau Förster mit ihrem schweren Einkaufswagen begegnete, hatte er ihr die Tasche die Wettergasse bis zu ihrer Wohnung hinaufgetragen. Von Herrn Kramer hatte er Briefe entgegengenommen, weil dem nicht beizubringen war, dass er diese selbst in den Briefkasten werfen oder zur Post bringen konnte. Jedenfalls hatte Claus Sauerwald immer ein offenes Ohr für seine Kunden gehabt. Heute war er noch keinem von ihnen begegnet, obwohl er sie sonst oft antraf. Er war enttäuscht darüber. Er hatte nämlich in den letzten Wochen da und dort die Bemerkung fallen lassen, dass er heute seinen letzten Arbeitstag hatte. Er rechnete damit, dass der eine oder andere seiner Kunden sich persönlich von ihm verabschieden wollte. Momentan sah es aber nicht so aus. Frau Anders, die nette Verkäuferin aus dem Schokoladengeschäft, schaute heute noch nicht mal auf, als er ihr die Geschäftspost in den Laden brachte. Gut, dann war es eben so. Dann würde er sang- und klanglos von der Bildfläche verschwinden. Dieser Gedanke gab ihm jedoch einen Stich im Herzen. Er hatte gedacht, dass er im Leben seiner Kunden eine größere Rolle gespielt hätte.

Er ging den Steinweg hinunter. Am Ende des Weges hatte er noch in dem Lokal an der Ecke einen Brief abzugeben. Merkwürdig. Es war ein privater Brief an den Besitzer. Dort ging sonst nur Geschäftspost ein. Dann gab es also tatsächlich eine Neuerung an seinem letzten Arbeitstag. Er war vor der Tür des Lokals angekommen. Er drückte die Klinke herunter und trat hinein. »Alles Gute zur Rente, Herr Sauerwald«, tönte es ihm entgegen. Ihm blieb der Mund offen stehen. Alle seine Kunden, die er heute vermisst hatte, standen vor ihm. Wie er sehen konnte, war hinter ihnen ein Buffet mit verschiedenen Salaten, Brot, Käse und anderen Speisen aufgebaut. Herr Münzer vom Kunstverein trat ihm entgegen. »Mein lieber Herr Sauerwald. Wir haben uns hier zusammengefunden, um Ihren letzten Arbeitstag mit Ihnen begehen zu können. Wir wollen zusammen essen und trinken. Dies ist unser Dank an Sie, da Sie uns die letzten Jahre immer zuverlässig mit unserer Post versorgt haben. Auf Sie war immer Verlass, Sie haben mehr gegeben, als sie mussten. Als besonderen Dank haben wir da noch eine Kleinigkeit für Sie. Bitte sehr.« Herr Münzer griff nach hinten und holte ein Bild hervor. Es war ein Gemälde, und zwar »Der Postbote im Rosengarthen«. Claus Sauerwald blieb die Luft weg. Herr Münzer räusperte sich. »Herr Sauerwald, Frau Knieriem hat uns erzählt, dass Sie dieses Gemälde lieben, da es eng mit ihrem Beruf verbunden ist. Ich und meine Freunde aus dem Kunstverein haben eine Kopie des Gemäldes für sie erstellen lassen, ich möchte es Ihnen hiermit überreichen.« Total verdattert nahm Claus Sauerwald, der Zusteller der Oberstadt, »sein« Bild entgegen. Also hatte Frau Knieriem den Mund nicht gehalten. War nicht schlimm.

Die Hochzeit und diese Lesung machten mir eines deutlich. Ich konnte trotz meiner Erkrankung weiterhin am Leben teilnehmen, ich war noch präsent.

Es gab aber noch ein ganz banales Ereignis, das mir zeigte, dass ein Leben ohne die ständigen Gedanken an die Krebserkrankung möglich war. Wir benötigten für die Toilette zu Hause einen neuen Toilettendeckel. Er war schnell im Fachhandel beschafft. Das Befestigen des Deckels bereitete mir aber etwas Probleme. Er war zu locker, rutschte hin und her. Erst als ich zwei eigentlich benötigte Gummidichtungen entfernte, saß der Deckel bombenfest. Für diese Aktion hatte ich einige Zeit benötigt. Ich hatte während dieser Zeit nicht einen Gedanken an meine Krebserkrankung verschwendet. Ich hatte mich so auf mein Tun konzentriert, dass der Krebs verschwunden war. Das ließ mich meine Tage optimistischer angehen und lenkte mein Bewusstsein mehr auf das Hier und Jetzt. Und nur das besitzen wir wirklich.

Bei der nächsten Chemo sprach mich Dr. Reinhard, einer der Ärzte, an. Er fragte, ob ich nicht an ei durchgeführt werde. Eigentlich würde es um ner Studie teilnehmen wolle, die zurzeit an der Klinik Palliativpatienten gehen, also Krebspatienten, die an ihrer Krebserkrankung sterben würden.

»Sie brauchen jetzt nicht denken, dass wir Ärzte davon ausgehen, dass Sie sterben müssen. Bei Ihnen besteht aber eine ernste Prognose und wir denken, dass sie gut in die Studie passen würden. Sie müssten in regelmäßigen Abständen einen Fragebogen ausfüllen, in dem sie dokumentieren, wie es Ihnen körperlich und psychisch mit Ihrer lebensbedrohlichen Erkrankung geht. Außerdem würden sich noch Einzelgespräche mit einer Psychologin anschließen, die sie einige Zeit auf Ihrem Weg begleiten würde.«

Nach kurzer Überlegung erklärte ich mich bereit, an der Studie teilzunehmen. Der Hauptgrund für mich war die Möglichkeit, mit einer Psychologin zu reden. Ich wusste aus der Zeit meiner Suchttherapien, wie hilfreich Gespräche sein konnten.

Kurze Zeit später kam die Leiterin des psychologischen Teams der Onkologie zu mir und erläuterte noch einiges zu der Studie. Sie brachte gleich den ersten Fragebogen mit, den ich zu Hause ausfüllen sollte.

Ich überflog den Fragebogen schon mal. Es ging hauptsächlich um meinen körperlichen Zustand, wie kräftig ich mich beispielsweise fühlen würde, wie mein Schlaf sei, wann ich das letzte Mal Sex gehabt hätte. Natürlich kamen auch Fragen, die sich um den Tod drehten. Wie ich zu meinem Tod stehen würde, könnte ich ihn akzeptieren oder würde ich Gedanken daran abwehren. Wie stark meine Angst vor dem Sterben sei, ob ich mir noch einen speziellen Wunsch erfüllen möchte.

Ich weiß jetzt nicht mehr, wie viele dieser Fragebögen ich im Lauf der Zeit ausfüllte, ich kann aber sagen, dass die Beantwortung dieser Fragen mich jedes Mal sehr deprimierte. Ich brauchte immer einige Tage, um mich wieder zu stabilisieren.

Zu Gesprächen mit der Psychologin kam es erst, als ich wieder wegen weiterer Behandlungen in die Klinik musste.

Die nächsten Chemotherapien liefen alle gleich ab. Glücklicherweise musste ich keine Behandlung aussetzen. Mein Zustand war immer so, dass die Therapien durchgeführt werden konnten.

In diesem Zusammenhang kann ich mich an ein Ereignis erinnern, das mir zeigte welches Glück ich hatte. Es war zu Beginn eines meiner Chemotage. Neben mir saß ein ungefähr vierzig Jahre alter Patient in Begleitung seiner Ehefrau. Sie warteten darauf, dass die Behandlung beginnen würde. Da trat Dr. Reinhard auf sie zu, zog einen Hocker heran, setzte sich und sagte: »Sie brauchen heute keine Chemotherapie machen. Die Untersuchungsergebnisse sprechen dagegen. Die Chemotherapie schlägt nicht an.«

Der Mann sah Dr. Reinhard verdutzt an. »Was heißt das? Schlägt nicht an?«

Dr. Reinhard entgegnete: »Der Krebs hat sich weiter ausgebreitet. Die Metastasen in der Lunge haben sich vermehrt. Wir müssen eine andere Therapie versuchen.«

Ich sah, dass die Ehefrau kreidebleich geworden war.

»Was für eine andere Therapie?«, presste der Mann hervor.

»Mit Antikörpern. Das können wir bei Ihnen machen. Die Daten sagen das. Das wird Ihnen helfen.«

Dr. Reinhard verschwand mit dem Ehepaar. Das Paar hatte sich nur schweigend angesehen. Ihre Betroffenheit war zu greifen gewesen.

Nach dem vierten Zyklus meiner Chemotherapie stand fest, wie die weitere Therapie verlaufen würde. Dr. Kaufmann war während der Chemo zu mir gekommen und machte mir Mitteilung darüber. Er erklärte mir, dass ich noch zwei weitere Chemotherapien erhalten würde. Nach diesen herkömmlichen Chemos würde ich eine abschließende Hochdosis-Chemotherapie mit einer autologen Stammzelltransplantation erhalten. Nach der fünften Chemotherapie würden meine Blutstammzellen mithilfe eines Medikamentes angereichert und zum Übergang in die Blutbahn angeregt werden. Danach würden mir die Stammzellen in einem speziellen Verfahren entnommen (Leukapherese), eingefroren und nach der Hochdosis-Chemotherapie wieder zugeführt werden. Eine Hochdosis-Chemotherapie war um das acht- bis zehnfache höher als eine herkömmliche Chemo. Es sollte damit erreicht werden, alle Krebszellen zu zerstören. Leider würden dabei auch alle Blutstammzellen vernichtet werden. Ohne diese wäre ein Überleben aber nicht möglich. Die körpereigene Blutproduktion wäre zerstört und das Immunsystem so geschwächt, dass keine Krankheitserreger abgewehrt werden könnten. Aus diesem Grund mussten die Blutstammzellen transplantiert werden. Es würde zwei bis drei Wochen dauern, bis die körpereigene Blutproduktion wieder funktionieren würde.

Ich hatte von dieser Therapie schon einmal im Internet gelesen. Eine skandinavische Studie belegte, dass dadurch die Überlebenschance von Lymphompatienten deutlich erhöht werden konnte. Gelesen hatte ich aber auch, dass sie bei einem Rezidiv der Erkrankung angewendet werden würde. Das hatte ich mir als zusätzliche Chance ausgelegt, falls es mir bei erfolgreicher Chemobehandlung zu einer Rückkehr des Krebses kommen sollte. Deshalb war ich erstaunt, dass man diese Behandlung jetzt durchführen wollte. Ich sah die Chance der Behandlung bei einem Rezidiv schwinden. Ich hatte Angst, dass man das Pulver zu schnell verschießen würde. Was war, wenn die Behandlung nicht anschlug? War das dann das Ende?

Ich sprach mit Dr. Kaufmann über meine Bedenken. Er erklärte mit, dass man bei der Ernsthaftigkeit meiner Erkrankung mit einer direkt ausgeführten Hochdosis-Chemotherapie den größten Erfolg haben würde.

Ich brauchte einige Zeit, um diese Mitteilung zu verdauen. Besonders deshalb, weil mir Dr. Kaufmann erläuterte, dass ich davon ausgehen müsse, dass ich drei bis vier Wochen auf einer Isolierstation in der Klinik verbringen müsse. Erst nach dieser Zeit sei mein Immunsystem wieder in der Lage Infekte abzuwehren. Bis sich dass Immunsystem vollständig zurückgebildet hätte, würde es zwei Jahre brauchen. Diese Behandlung sei aber meine einzige Chance, die Erkrankung zu überleben.

Ich glaubte ihm das natürlich. Abschließend klärte Dr. Kaufmann mich darüber auf, dass die Klinikstatistik bei hundert Behandlungen dieser Art sieben Todesfälle aufwies. Musste mir egal sein, das Ablehnen der Behandlung würde ja hundertprozentig den Tod bedeuten. Es war trotzdem nicht leicht zu akzeptieren, dass man mich mit dieser Therapie erst fast umbringen würde, um mich dann mit meinen Blutstammzellen wiederzubeleben.

Die nächsten beiden Chemotherapien liefen problemlos ab. Am Ende der fünften wurde ein MRT erstellt, um festzustellen, inwieweit die Therapie erfolgreich war. Es wurde eine stabile partielle Remission festgestellt hieß übersetzt, dass der Großteil der Krebszellen vernichtet, ein

Rückgang des Lymhoms zu verzeichnen war. Es war der erwünschte Erfolg. Den Rest würden die sechste Chemo und die Hochdosis-Chemotherapie erledigen.

Ich war über den bisherigen Verlauf der Therapie auf jeden Fall sehr erfreut. Ich hatte tatsächlich verfolgen können, wie das Lymphom immer kleiner wurde. Es war nur noch ein kleiner tastbarer Rest vorhanden. Aber er war noch da.

9. Leukapherese und weitere Behandlung

Nach dem fünften Zyklus der Chemotherapie wurde die Leukapherese durchgeführt. Dazu musste ich wieder stationär in der Klinik aufgenommen werden.

Die Leukapherese ist die Gewinnung von Stammzellen aus dem Blut. Ich wurde fünf Tage mit einem Wachstumsfaktor vorbehandelt. Die Injektionen, die dafür notwendig waren, konnte ich selbst zu Hause durchführen. Durch den Wachstumsfaktor stieg die Zahl der im peripheren Blut aus dem Knochenmark mobilisierten Stammzellen. Diese sollten nun zusammen mit weißen Blutkörperchen über ein spezielles Gerät (ähnlich dem bei einer Blutwäsche) gesammelt werden. Die gesammelten Stammzellen sollten dann eingefroren und nach der Hochdosis-Chemotherapie transplantiert werden.

Die Leukapherese würde drei bis vier Stunden in Anspruch nehmen. Wichtig dabei war, dass ich mich absolut ruhig verhalten musste. Das Sammeln der Stammzellen könnte sonst scheitern. Ich sah darin keine Probleme. Ich sollte mich jedoch täuschen.

Ich bezog mein Zimmer in der Klinik, räumte meine Sachen in den Schrank und konnte dann direkt in die Abteilung gehen, in der die Leukapherese durchgeführt wurde. Dort war reger Betrieb, denn hier befand sich das Blutspendezentrum der Klinik. Ich entkam dem

Trubel aber, die Leukapherese fand in einem Nebenraum statt, der übrigens mit einem Fernseher ausgestattet war. Dafür gedacht, dass mir die Zeit nicht lang werden würde.

Ein Pfleger begrüßte mich und teilte mir mit, dass er während der gesamten Prozedur als Aufpasser bei mir sein würde. Er müsse auf mich achtgeben, da ich mich möglichst nicht bewegen und nicht einschlafen dürfe. Im Schlaf könne es zu unkontrollierten Zuckungen kommen, die, wie das Bewegen, zu einem Abbruch des Verfahrens führen würden. Und ich hatte mir schon gedacht, ich könnte mir bei der Behandlung ein kleines Nickerchen erlauben. Ich ahnte, dass die Angelegenheit kein Zuckerschlecken werden würde.

Ich bekam jeweils am linken und rechten Arm einen Zugang gelegt. Von diesen führten Schläuche zu einem relativ großen Gerät. Dieses Gerät würde mein erweiterter Blutkreislauf sein. Die Blutstammzellen würden durch einen Filter zurückgehalten und so gesammelt werden. Das hörte sich sehr einfach an, war aber in der praktischen Ausführung wirklich schwierig.

Beide Arme wurden, mit dem Hinweis mich nicht zu rühren, an den Sessellehnen festgeschnallt. Dann wurde das Gerät eingeschaltet. Die Prozedur dauerte vier Stunden. Mal juckte es da, mal juckte es dort. Kratzen ging nicht, ich war gefesselt. Nach einiger Zeit tat mir der Steiß weh, ich konnte es mir aber durch Verlagerung meines Körpers nicht bequem machen. Zum Ende hin dachte ich, meine Blase müsse platzen. Der Pfleger hatte mir vorher schon eine Urinflasche angeboten, ich hatte aus Scham abgelehnt. Nun war es zu spät. Ich kannte das von längeren Autofahrten. Ich war mittlerweile so verkrampft, dass kein Urin fließen würde. Ich konnte mir das jetzt abschminken. Das Urinieren gelang mir tatsächlich erst, als ich nach der Leukapherese fünfzehn Minuten auf der Toilette verbracht hatte. Nach vier Stunden jedenfalls hatte die Qual ein Ende. Ich hatte mich durch Fernsehschauen nicht ablenken können. Ich war einfach zu angespannt gewesen.

Obwohl ich mich nicht gerührt hatte, fühlte ich mich nach der Prozedur total erschöpft. Leider teilte mir man kurze Zeit später mit, dass die gesammelten Blutstammzellen für eine Transplantation nicht ausreichen würden. Das Verfahren sollte am nächsten Tag noch mal durchgeführt werden. Die reinste Horrorvorstellung. Die Nacht, die ich nach dieser Mitteilung verbrachte, war bemerkenswert schlecht.

Am nächsten Vormittag begrüßte mich aber eine sehr nette Ärztin, die mir den Druck, der auf mir lastete, etwas nahm. Sie sagte, Ihrer Meinung nach sei die Anzahl der Blutstammzellen hoch genug für eine Transplantation. Ihre Kollegen wollten wohl nur auf Nummer sicher gehen. Wenn ich die Leukapherese also nicht mehr aushalten würde, könne ich sie ruhig abbrechen. Sie würde die Verantwortung dafür übernehmen. Ein

Abbruch war aber nicht nötig. Die Behandlung verlief besser als am vorigen Tag. Diesmal war ich schlau genug, frühzeitig eine Urinflasche zu fordern. Am Ende der Prozedur war ich tatsächlich so erschöpft, dass ich noch eine Nacht in der Klinik blieb. Es war mir zwar freigestellt, nach Hause zu gehen, doch fühlte ich mich nicht in der Lage, auch nur meine Tasche packen zu können. Ich wollte nur noch ins Bett. Das tat ich und fiel in einen tiefen Schlaf.

Nach der Leukapherese stand noch der sechste Zyklus Chemotherapie an. Nach einer dreiwöchigen Pause würde ich vor der Hochdosis-Chemotherapie stehen, vor der ich ganz schön Angst hatte. Ich konnte nur hoffen, dass ich diese Chemoatombombe überstehen würde. Sorge machte mir auch der bevorstehende Klinikaufenthalt von drei bis vier Wochen. Ich war in meinem Leben bisher zweimal längere Zeit im Krankenhaus gewesen. Beim ersten Mal war ich erst sechseinhalb Jahre alt.

Der Unfall
Es passierte morgens auf dem Weg zur Schule. Den Unfall selbst hatte ich überhaupt nicht mitbekommen.
Ich befand mich im Inneren eines Pkws. Ein Mann hielt mich in seinen Armen.
»Du bist von einem Auto angefahren worden. Wir fahren dich zum Arzt.«

Angst schoss in mir hoch. Mein Herz schlug schnell und hart. Eine dunkle Ahnung von einem Ende entstand in mir. Ich war sechs Jahre alt.

Der Fahrer des Wagens griff mir leicht an den Arm.

»Das wird schon«, sagte er.

Ich beruhigte mich. Doch eines wollte ich wissen: »Blute ich?«

Der Beifahrer, der mich hielt, antwortete schnell, zu schnell: »Nein, du blutest nicht.«

Ich konnte, auf seinem Schoß sitzend, in den Rückspiegel schauen. Mein Gesicht war blutüberströmt. Da war die Angst wieder da. Sie schnürte mir die Kehle zu.

»Wir sind da«, sagte der Fahrer, stoppte den Wagen, öffnete die Beifahrertür und sein Begleiter trug mich die vor uns liegende Treppe hoch.

Ich erkannte, wo wir waren. Das Haus vom Doktor. Hier war ich mit meiner Mutter schon gewesen. Der Fahrer des Wagens brachte meinen Schulranzen und legte ihn auf einen Stuhl im Wartezimmer.

Die Sprechstundenhilfe redete beruhigend auf mich ein, während sie mir vorsichtig das Blut vom Gesicht wusch. Der Arzt gab mir nach kurzer Untersuchung eine Spritze. Dann kam der Krankenwagen, der mich ins Krankenhaus fuhr.

Ich kann mich nicht mehr erinnern, was dann dort alles geschah. Irgendwann lag ich jedenfalls in einem Krankenbett. Eine Schwester sagte mir, dass ich eine Gehirnerschütterung habe. Dies sei nichts Schlimmes, ich dürfe sicher bald wieder nach Hause. Nur solle ich flach im Bett liegen bleiben, dies sei wichtig, wenn ich wieder gesund werden wolle. Ich nahm mir vor, nicht auch nur ein Glied zu rühren.

Dann erschien meine Mutter. Meinen Vorsatz vergessend, sprang ich auf, fiel ihr um den Hals und begann zu schluchzen.

»Mama, Mama, bitte, ich möchte nach Hause, ich will nicht hierbleiben!«

»Ich würde dich gern gleich mit nach Hause nehmen. Das geht nicht, mein Junge. Ich habe mit dem Arzt gesprochen. Du musst ein paar Tage in der Klinik bleiben. Ich werde dich aber jeden Tag besuchen. Auch Papa, die Oma und der Opa werden jeden Tag kommen.«

Ich hörte am Ton meiner Mutter, dass dies das letzte Wort war. Ich versuchte tapfer zu sein, unterdrückte meine hoch flutenden Tränen und löste mich aus den Armen meiner Mutter. »Ihr müsst wirklich alle kommen. Jeden Tag.«

»Aber sicher, mein Schatz. Ich bringe dir heute Nachmittag etwas mit, dann werde ich immer bei dir sein.« Meine Mutter küsste mich auf die Stirn.

»Was ist das, was du mir mitbringen willst? Kannst du es mir nicht gleich geben? Bitte!«

»Nein, das geht leider nicht. Ich habe es nicht dabei. Gedulde dich bis später ... und nun versuche, dich zu beruhigen. Versuch, etwas zu schlafen. Bis nachmittags dann.«

Sie küsste mich nochmals und ging zur Tür. Dort drehte sie sich um, winkte mir zum Abschied und war verschwunden.

Am Nachmittag erschien meine Mutter wieder, brachte auch meine Großmutter und meinen Großvater mit.

»Morgen hol ich dich hier raus, mein Junge«, sagte mein Großvater. Hoffnungsvoll schaute ich ihm ins Gesicht.

»Red keinen Unsinn, Heinrich«, entgegnete meine Großmutter und winkte ab. Zu mir gewandt sagte sie: »Hör nicht auf deinen Großvater. Er kann dich nicht hier herausholen. Über die Entlassung bestimmen die Ärzte.«

Die aufkeimende Hoffnung in mir war damit schnell wieder erloschen.

»Ich habe dir das Versprochene mitgebracht«, sagte meine Mutter, Großmutter und Großvater ignorierend, und überreichte mir ein Medaillon mit dazugehöriger Kette, um es um den Hals zu tragen. »Mach es mal auf«, sagte Mama und zeigte mir, wie das Medaillon zu öffnen war. Meine Mutter schaute mich aus dem Medaillon heraus an. Ein kleines Foto von ihr war in dem Schmuckstück befestigt. »So hast du mich immer bei dir«, sagte meine Mutter mit bewegter Stimme. Mir kamen die Tränen.

Irgendwann ging es natürlich nach Hause, ich musste aber noch Bettruhe einhalten. Die sah so aus, dass ich im so genannten Wohnzimmer, wir bewohnten nur zwei Zimmern im Haus meiner Großeltern, auf dem Sofa lag und Fernsehen schaute.

Das Medaillon meiner Mutter trug ich noch weiterhin. Als ich wieder in die Schule ging, legte ich es ab. Es wäre mir peinlich gewesen, wenn einer meiner Schulkameraden gesehen hätte, dass ich eine Halskette trug. Am Ende des Jahres trug ich die Kette überhaupt nicht mehr.

Abducensparese
Bei meinem zweiten längeren Klinikaufenthalt war ich bedeutend älter. Ich war gerade sechzig Jahre alt geworden. Ich hatte meine einmal im Monat stattfindende Schreibgruppe besucht, einen vergnüglichen Abend verbracht und fuhr in meinem PKW nach Hause. Als ich vor einer Ampelanlage halten musste, sah ich plötzlich alles doppelt. Zwei Straßen, zwei Ampeln, doppelte Richtungspfeile. Die Ampel wurde grün, ich musste weiterfahren. Instinktiv kniff ich das linke Auge zu, die Doppelbilder verschwanden. Aber kaum das ich das Augenlid öffnete, waren sie wieder da. Mein Herz schlug bis zum Hals. Dass das nichts Harmloses sein konnte, war klar. Als ich zu Hause ankam, sprach ich mit meiner Frau darüber. Wir entschieden, dass ich bis zum nächsten Morgen warten würde, um zu sehen, ob die Doppelbilder noch da wären. Wir beruhigten uns damit, dass vielleicht einfach nur eine Ermüdungserscheinung vorlag.
Am nächsten Tag waren die Doppelbilder nicht verschwunden. Ich suchte meinen Hausarzt auf, der mir sofort eine Überweisung für die Augenklinik ausstellte. Also ging es wieder mal, wie schon öfter in meinem Leben, in die Klinik. Hier verbrachten meine Frau (die mich

selbstverständlich begleitete, da Autofahren für mich nicht möglich und auch psychische Unterstützung vonnöten war) und ich einige Zeit im Wartebereich. Irgendwann wurde ich aufgerufen und kurz untersucht. Kurz deshalb, weil der untersuchende Arzt meinte, mein Doppelsehen wäre ganz klar ein Fall für die Neurologie.

Ehrlich gesagt hatte ich mir das schon gedacht und hatte nicht verstanden, wieso ich in die Augenklinik gehen sollte. Ich hatte meinem Hausarzt keine Vorschläge machen wollen, er war der Profi.

Da ich keine Überweisung für die Neurologie hatte, musste ich über die Notaufnahme in der Neurologie aufgenommen werden. Dadurch war natürlich wieder Warten angesagt. Dort wurden dann die ersten Untersuchungen durchgeführt. Eine Computertomographie zeigte, dass ich keinen Schlaganfall hatte. Das hatte die untersuchende Ärztin nämlich zunächst befürchtet. Gut, dass ich recht unbedarft an die Sache herangegangen war, so waren keine Ängste aufgetreten. Die Untersuchung machte mir aber deutlich, dass ich eigentlich nach dem Auftreten der Doppelbilder sofort ins Krankenhaus gehört hätte.

Es mussten noch weitere Untersuchungen gemacht werden, um die Sache abzuklären. Ich wurde also stationär aufgenommen.

Am nächsten Tag ging es mit den Kontrollen weiter. Eine Magnetresonanztomographie wurde durchgeführt, sie brachte keine Klärung. Die Symptome waren aber klar. Es bestand eine beidseitige Augenmuskellähmung (beidseitige Abducensparese). Das linke Auge schaute nach unten zur Nase, das rechte Auge war starr geradeaus gerichtet. Augenbewegungen waren nicht möglich. Man verordnete mir eine Augenklappe, die ich über dem linken Auge trug. Da ich nun nur mit einem Auge sah, verschwanden die Doppelbilder. Wollte ich etwas in meiner Umgebung betrachten, musste ich den Kopf drehen.

Der Oberarzt der Station vermutete eine im MRT nicht zu erkennende Blutung im Augapfel, verursacht durch meinen Diabetes mellitus. Ich konnte mir das nicht vorstellen, da ich schon ewig supergut eingestellte Blutzuckerwerte hatte.

Die Stationsärztin erläuterte mir, dass sich bei einem Drittel dieser Fälle die Sache selbst regulieren würde, sprich: Die Augenmuskeln würden ihre Funktion wieder übernehmen und normales Sehen sei wieder möglich. Das sei auf jeden Fall abzuwarten.

Ich will es kurz machen. Ich war insgesamt drei Wochen in der Klinik. Es wurden eine Menge Untersuchungen durchgeführt, mit Verdachtsdiagnosen, die von tödlich endenden Muskelerkrankungen, Hirnaneurysmen bis hin zu schweren Autoimmunerkrankungen reichten. Ein Ergebnis kam nicht dabei heraus. Die Ursache war also »idiopathisch«, ohne erkennbare Ursache.

Man entließ mich und gab mir die Hoffnung mit, dass sich die Sache regenerieren würde. Sollte das nicht der Fall sein, würde man nach einem Jahr eine Schieloperation durchführen, um die Augen auszurichten.

Insgesamt war ich sieben Monate arbeitsunfähig geschrieben. Danach besserte sich der Zustand soweit, dass mithilfe einer Prismenfolie auf dem linken Glas meiner Brille »normales« Sehen möglich wurde. Das war aber nur dadurch gegeben, dass das rechte Auge wieder voll beweglich war.

Nach einem Jahr wurde dann das linke Auge operiert. Die OP verlief gut. Es war ein Wahnsinnserlebnis, als einen Tag nach der Operation der Verband vom Auge entfernt wurde und ich wieder richtig sehen konnte.

Die drei Wochen Klinikaufenthalt waren mit sehr vielen Ängsten verbunden gewesen und ich habe sie in sehr negativer Erinnerung.

Als die sechste Chemotherapie vor der Tür stand, wollte ich einfach nur weglaufen. Ich hatte plötzlich das Gefühl, dies alles nicht mehr bewältigen zu können. Ich sprach sehr lange mit meiner Frau darüber und wir kamen zu dem Entschluss, ein paar Tage wegzufahren. Als Ziel hatten wir uns den Möhnesee ausgesucht, einen Stausee in Nordrhein-Westfalen. Wir hatten vor einigen Jahren einige Seen in verschiedenen Bundesländern abgeklappert und besagter Möhnesee hatte uns besonders zugesagt. Auch, weil es von meinem Wohnort dorthin nur etwas über zwei Stunden Autofahrt waren. Man kam gut zu Fuß an die Ufer des Sees heran, es gab eine Menge Wanderwege dort, die man nutzen konnte. Wir hatten ein direkt am See gelegenes Hotel entdeckt, das uns sehr gefiel. Es war ein familiengeführtes Haus. Direkt vor dem Haus liegt der Seepark Möhnesee. Mittelpunkt der Anlage ist eine den Hang hinunterlaufende Treppe, die direkt vom Hotel bis an das Gewässer führt. Man hat freie Sicht auf den Möhnesee. Zwischen zwei langen Wegen links und rechts der Treppe sind die Rasenflächen von Verbindungsachsen unterbrochen, an denen bequeme Holzbänke stehen.

Das Hotel hat ruhig gelegene, komfortable Zimmer. Wir hatten mittlerweile den See und das Hotel schon oft besucht und uns sehr wohl dort gefühlt. Ich kam mir immer so vor, als sei ich an einem weit entrückten Ort im Urlaub. Das war jetzt genau das Richtige für mich.

Ich sprach also zu Beginn der sechsten Chemotherapie einen der diensttuenden Ärzte an, wie es denn mit einem Kurzurlaub in deutschen Landen für mich aussehen würde. Der Arzt sprach sich mit dem Kollegium ab und brachte mir dann die Mitteilung, dass eine Beurlaubung möglich sei. Super!

Kaum zu Hause, buchte ich im Hotel ein Zimmer für drei Übernachtungen und am darauffolgenden Wochenende fuhren wir an den Möhnesee.

Freitagnachmittag bezogen wir unser Zimmer und machten uns sogleich auf, um unterhalb des Seeparks an der Uferpromenade spazieren zu gehen. Wir gingen langsam, da ich durch die Chemo geschwächt und kurzatmig war. Es war herrliches Wetter, die Sonne schien, es war angenehm warm. Ich genoss die Wärme, die laue Luft ... und ließ die letzten belastenden Wochen hinter mir. Später am Abend saßen wir noch eine Weile auf dem Balkon und genossen die Ruhe, die herrschte.

Am nächsten Tag hatten wir einen Besuch in der Drüggelter Kapelle geplant. Diese Kapelle steht auf einer Anhöhe am Nordufer des Sees. Über sie ist nichts weiter bekannt, außer, dass sie im 12. Jahrhundert das erste Mal urkundlich erwähnt wurde. Eine Besonderheit im Inneren der Kirche sind die zwei Ringe aus insgesamt sechzehn Säulen, die die Decke des Raumes tragen, die nur einen Durchmesser von elf Metern hat.

Wir hatten die Kapelle schon einmal besucht. Mir gefiel sie sehr gut. Ein Ort der Stille, ein Ort, um Ruhe zu finden.

Um die Kapelle zu erreichen, hatten wir ein gutes Stück Weg vor uns. Wir versorgten uns mit etwas Trinkbarem und verließen das Hotel.

Reger Trubel herrschte ringsum. Wir hatten den ungewohnten Lärm schon vernommen, die Unmengen von Menschen vom Fenster aus gesehen, die den Seepark und die Straße beherrschten. Der Hotelier hatte uns aufgeklärt, dass an diesem Tag der Möhne-See-Pokallauf stattfand, der dort regelmäßig durchgeführt wurde. Deshalb also die vielen sportlich gekleideten Menschen. Solch einen Trubel waren wir von diesem Ort nicht gewöhnt, es störte uns jedoch nicht, da unser Ziel fernab vom See lag. Mochten die Sportbegeisterten ruhig den See umrunden, wir würden uns nicht in die Quere kommen.

Der Weg führte vom Hotel bergauf, was kein Wunder war, da sich die Kapelle auf besagter Anhöhe befand. Es dauerte nicht lange und wir mussten eine Pause einlegen, da ich nicht ausreichend Luft bekam. Wie zu Hause, wenn wir beispielsweise einen Einkaufsbummel in der Stadt gemacht hatten. Ich brauchte Pausen, um einen Stadtteil, der auf einem Hügel lag, zu erreichen. Daran maß ich dann später meinen Fitnesszustand. Wir gingen nämlich gern in die Stadt. Es gibt dort sehr schöne Gassen mit alten Fachwerkhäusern und netten Lokalen, in denen man gut essen kann.

Bis wir die Kapelle erreichten, mussten wir mehrere kleine Pausen einlegen. Dort angekommen ließ ich die Stille dieses ruhig gelegenen Ortes auf mich wirken. Ich betete in der Kapelle um Kraft für die schwere Zeit, die mir bevorstand. Ich bin kein Kirchgänger und ob ich mich als gläubigen Christen bezeichnen kann, bezweifle ich. Meine Mutter betete mit mir als kleines Kind immer vor dem Zubettgehen. Irgendwie war dies immer ein Trost, wenn am Tag was schiefgelaufen war. Als ich älter wurde, behielt ich dieses Ritual bei. Ich betete natürlich nicht mehr das Kindergebet, sondernd das Vaterunser. Ich glaube an eine höhere Macht. An diese kann ich mich mit meinen Gebeten wenden. Sie spenden mir Trost, wenn es mal nicht nach meinen Wünschen läuft. Es ist einfach so. Beten ist für mich ein heilendes Ritual, das ich bis ans Ende meiner Tage beibehalten werde.

Der Rückweg ins Hotel war leichter, da es nun abwärtsging. Doch war dieser Ausflug sehr beschwerlich für mich gewesen. Den nächsten Tag würden wir es kürzer angehen.

Nach einem ausgiebigen Frühstück (ich aß immer viel, obwohl ich durch die Auswirkung der Chemotherapie keinen Appetit hatte) besuchten wir Soest. Die Stadt war nur fünfzehn Minuten Autofahrt entfernt. Wir machten einen ausgiebigen Stadtbummel, kehrten im »Im wilden Mann« ein, einem Restaurant mit Hotelbetrieb. An das Hauptgericht, das ich zu mir nahm, kann ich mich nicht mehr erinnern, doch die Vorsuppe habe ich nicht vergessen. Eine westfälische Kartoffelsuppe mit Mettwurststückchen.

Da für mich als begeisterten Leser ein Besuch in einer Buchhandlung nicht fehlen durfte, suchten wir gleich zwei davon auf. In der größeren wurde ich in der Abteilung Gesundheit auf ein Büchlein aufmerksam, in dem acht Krebspatienten über ihre erfolgreiche Krebsbehandlung berichteten. Alle hatten an einem Krebs mit schlechter Prognose gelitten und waren geheilt worden. Ich erstand das Buch, obwohl ich mich bis dahin mit

Literatur zu Krebserkrankungen schwergetan hatte. Den Kauf des Buches bereue ich nicht. Es gab mit tatsächlich Hoffnung, dass ich meine Erkrankung ebenfalls lebend überstehen könnte.

Bevor wir am nächsten Tag zu unserer nächsten Wanderung aufbrechen konnten, erreichte mich ein Anruf auf meinem Smartphone. Die Klinik war dran. Man informierte mich, dass die Hochdosischemo drei Tage früher stattfinden sollte als geplant. Diese Mitteilung versetzte meiner Stimmung einen leichten Dämpfer. Die Realität war in mein Urlaubsparadies eingedrungen. Trotzdem hatten mir die paar Tage Auszeit gutgetan.

10. Die Hochdosis-Chemotherapie

Und dann war der Tag der Hochdosis-Chemotherapie da. Die Nacht vor der stationären Aufnahme schlief ich erwartungsgemäß schlecht. Die Wartezeit im Aufnahmebereich der Klinik machte mich von Minute zu Minute nervöser. Ich war froh, als ich dann endlich auf der Station eintraf.

Hier begrüßte mich auf meinem Zimmer Schwester Rita. Ich freute mich sehr, dass sie Dienst hatte und ich sie zu sehen bekam. Wir kannten uns nämlich schon länger. In Kirchhain waren wir Nachbarn gewesen. Wir kannten uns seit zirka fünfunddreißig Jahren, wobei ich sagen muss, dass wir seit 2003, als meine erste Frau Karin starb, nur noch sporadisch Kontakt gehabt hatten. Ich hatte sie aber angerufen, als ich erfuhr, dass ich auf Station 116 zur Hochdosis-Chemotherapie aufgenommen werden sollte, da ich wusste, dass sie dort schon seit ewigen Zeiten arbeitete.

Ich hatte mir von ihr Informationen über den Ablauf der Therapie und über die Station geben lassen. Ich war froh, jemanden dort zu wissen, den ich kannte, mit dem ich mich gut verstand.

Wir begrüßten uns herzlich, hatten wir uns doch länger nicht gesehen. Das Zimmer war wie jedes andere Krankenzimmer, doch zwei Dinge waren anders. Es war klimatisiert und ein Ergometer stand darin. Mir war angeraten worden, den Ergometer zu nutzen. Sportliche Aktivitäten seien bedeutsam für den Wiederaufbau der Erythrozyten, die wichtig für den Sauerstofftransport waren. Die Klimaanlage war vonnöten, da die Fenster wegen des Eindringens von Keimen geschlossen bleiben mussten.

Das Bett am Fenster war belegt. Ein junger Mann lag darin. Er stellte sich als Erkan vor. Er war Deutscher türkischer Abstammung. Wie er erzählte, litt er an einer Blutkrebserkrankung. Er hatte deswegen vor einigen Monaten eine Behandlung hinter sich gebracht. Er hatte fremde Blutstammzellen, also eine allogene Transplantation erhalten, da das Knochenmark vom Krebs befallen war. Er hatte die Behandlung gut überstanden, leider war die Krebserkrankung nach einem Monat zurückgekehrt. Er bekam zurzeit seine zweite Hochdosis-Chemotherapie. Man hatte erneut einen Spender der Blutstammzellen gefunden, einen Spender aus Israel. Die Suche nach Spendern wurde weltweit durchgeführt. Wäre die Suche nur auf das Inland bezogen, wäre die Chance, einen Spender zu finden, nur sehr gering.

Erkan sagte, dass es ihm schlecht ginge. Er würde die Chemo diesmal nicht gut vertragen. In vier Tagen würden die Stammzellen transplantiert werden, dann würde er verlegt werden. Er bekäme ein Einzelzimmer, wäre also total isoliert. Die Gefahr, sich eine Infektion zu holen, sei zu hoch. Eine Infektion war lebensbedrohlich, da das Immunsystem durch die Chemotherapie faktisch nicht mehr vorhanden war.

Ich würde meine eigenen Stammzellen erhalten, da mein Knochenmark krebsfrei war. Die Infektionsgefahr war ebenfalls hoch, doch wie es aussah, geringer als bei einer allogenen Transplantation. Daher würde ich das Zimmer mit weiteren Patienten teilen können.

Die Station, auf der ich mich befand, war eine Isolierstation. Am Eingang gab es eine Schleuse. Hier konnten Besucher Mundschutz an- und einen Teil der Oberbekleidung ablegen. Schutzkleidung, wie es das Pflegepersonal trug, mussten Besucher nicht anziehen. Es sollten so wenig Keime wie möglich eingeschleppt werden. Die Gefahr, dass sich Patienten mit einem Virus ansteckten oder Bakterien einfingen, war zu groß. Da das Immunsystem durch die Behandlung für eine gewisse Zeit außer Gefecht gesetzt war, war eine Infektion, egal welcher Art, immer lebensbedrohlich.

Die Mitteilung Erkans, dass er nach so kurzer Zeit ein Rezidiv (Rückkehr der Krebserkrankung) bekommen hatte, frustrierte mich und machte mir Angst. Ich fand es schlimm, dass ein Rezidiv so schnell wieder auftreten konnte. Erkan schien es nichts auszumachen, er äußerte sich jedenfalls sehr emotionslos dazu. Was ihn mehr zu schmerzen schien, war die Tatsache, dass er wegen der Erkrankung sein BWL-Studium an den Nagel hängen musste. Er meinte, keine Chance zu haben, dass das noch mal was werden würde. Er hätte zu viel Zeit verloren.

Das waren die Informationen, die ich von meinem Zimmergenossen bekam. Mehr folgte nicht. Er wollte noch wissen, was mich hierher führte, dann schwieg er. Die verbleibenden Tage blieb es beim »Guten Morgen« und der Absprache über die Badbenutzung. Sonst verbrachte er den ganzen Tag liegend im Bett und schaute irgendwelche Filme auf seinem Smartphone. Gegen Abend lebte er auf, denn dann kamen sein Bruder und einige Freunde zu Besuch. Sie tauschten sich über ihre Erlebnisse aus und es war Stimmung auf der Bude. Ich stopfte mir dann meist meine Ohrhörer ins Ohr und schaute auf meinem Laptop die Serie »Breaking Bad« an, die ich auf DVD hatte. In der Serie geht es um einen amerikanischen Chemielehrer, der an Krebs erkrankt und ins Drogengeschäft einsteigt, um nach seinem Tod seine Familie versorgt zu wissen. Ich hatte mir nie Filme über Krebskranke angeschaut, war mir zu bedrohlich. Nun, da ich selbst krebskrank war, ging es erstaunlicherweise. Als die Besucher Erkans mitbekamen, was ich schaute, waren sie erstaunt. Aber auf positive Weise. Das war eine Serie, die sie mit Begeisterung geschaut hatten, sagten sie. War für sie wahrscheinlich sehr bemerkenswert, dass so ein alter Knopf wie ich sowas ansah. Uns trennten tatsächlich zirka vierzig Jahre. Diese waren wahrscheinlich auch der Grund, warum Erkan nicht viel mit mir anfangen konnte.

Doch zurück zum ersten Tag in der Isolierstation. Ich hatte es mir gerade in meinem Bett bequem gemacht, als Dr. Kaufmann auftauchte, um mich über die bevorstehende Chemo aufzuklären. Die Therapie würde an den folgenden fünf Tagen durchgeführt werden. Nannte sich TEAM. Jeder Buchstabe stand für ein bestimmtes Chemotherapeutikum. Ich habe nicht eines davon im Gedächtnis behalten. Das war auch unerheblich. Die Therapeutika mussten nur helfen. Die Abkürzung Team hielt ich für sehr sinnig. Ich würde die einzelnen Chemomittel in unterschiedlicher Kombination erhalten. Nach Verabreichung der Medikamente würden mir über zwölf Stunden pro Tag Kochsalzlösung zugeführt werden. Die Spülung der Nieren war konsequent durchzuführen. Das hieß, dass ich die meiste Zeit an diesem spiralig aufgewickelten Schlauchsystem hängen würde. War aber kein Problem, da die Länge des Schlauchs es mir ermöglichte, jeden Winkel des Zimmers und des Bades zu erreichen. Und ins Bad musste ich öfter. Durch die stete Zufuhr der Kochsalzlösung musste ich oft die Toilette aufsuchen. Da wusste ich noch nicht, dass eine Zeit kommen würde, in der ich nur noch kraftlos im Bett liegen konnte.

Kurz nach der Aufklärung durch Dr. Kaufmann kam auch schon eine Schwester und schloss den ersten Beutel von TEAM an meinem Portkatheter an. Es dauerte natürlich seine Zeit, bis ich die Medis intus hatte. Ich bekam weiterhin wie zu den ersten Chemotherapien meine Dosis Kortison.

War obligat bei dieser Chemo. Ich hatte angenommen, dass sich die Wirkung der Therapie gleich zeigen würde. Doch diesbezüglich passierte erst mal nichts. Ich fühlte mich ganz wohl. Ich stieg jeden Tag zweimal auf den Ergometer und versuchte, mich so fit zu halten. Nach vier Tagen zeigte sich jedoch die erste Veränderung. Die Mundschleimhaut entzündete sich. War schmerzhaft. Ich hatte zwar den Mund regelmäßig mit der schon bei den anderen Chemotherapien erwähnten Lösung und der Suspension gegen Pilzbildung gespült, aber das verhinderte die Entzündung nicht. Das sei eine der häufigsten Nebenwirkungen der Chemotherapie, tröstete mich Schwester Rita. Gegen die Schmerzen gab es ein Schmerzmittel auf Morphinbasis. Wunderte mich, da ich die Schmerzen jetzt nicht als so schlimm empfand. Aber wer weiß, wie schlimm das noch ohne Schmerzmittel geworden wäre. Was zusätzlich eintrat, war die absolute Appetitlosigkeit. Ich brachte so gut wie keine Nahrung mehr runter, es schmeckte alles nach nichts. Um einer zu großen Gewichtsabnahme vorzubeugen, wurde über den Portkatheter eine Nährlösung eingebracht, ich sollte aber trotzdem essen. Eben das, was möglich war. Was die Gesamtbehandlung betraf, verlor ich acht Kilo, was in Ordnung war, da ich bei einer Größe von einem Meter und fünfundsiebzig Zentimeter neunzig Kilo gewogen hatte.

Meine Frau besuchte mich jeden Tag, was ich ihr hoch anrechne. Ich wusste ja von ihrem Erzählen, wie sehr sie die Krankenhausbesuche an den schrecklichen Krebstod ihres Mannes erinnerten, der hier in der Klinik gestorben war. Ansonsten bekam ich in dieser Zeit Besuch von meinem ältesten Stiefsohn, einer ehemaligen Arbeitskollegin und einer Vorstandskollegin der Schreibwerkstatt.

Ich bekam auch professionellen Besuch. Eine der Psychologinnen, die die Studie durchführten, an der ich teilnahm, suchte mich auf. Sie wollte wissen, wie es mir ginge, wie ich mit der Kliniksituation zurechtkäme und wie ich mit der bedrohlichen Erkrankung umginge. Ich gab ihr bereitwillig Auskunft, froh, dass jemand da war, der sich meines derzeitigen psychischen Ballastes annehmen wollte. Die Psychologin war noch relativ jung. Ich schätzte sie auf sechsundzwanzig Jahre. Sie besuchte mich noch mehrmals in der Klinik, später auch zu Hause. Wie sich zeigte, lief die Studie über ein dreiviertel Jahr. Sie gab mir bei jedem Besuch einen dieser Fragebögen, in denen ich genau auflisten musste, wie mein gegenwärtiger Zustand war. Die Bögen brachten mir regelmäßig Angst vor dem Tod mit.

Einer der Stationsärzte, Dr. Messner, sprach die Psychologin an, sie hieß übrigens Müller, bei einem ihrer Besuche, als er zufällig ins Zimmer kam. Er wollte wissen, was sie eigentlich von mir wolle. Als sie ihm über die Studie berichtete, sagte er, er habe davon gehört. So weit er informiert sei, ginge es jedoch dabei um Patienten, die palliativ behandelt würden. Wieso ich denn in dieser

Studie sei? Ob sie nicht wisse, dass das Behandlungsziel bei mir die Heilung sei? Frau Müller zeigte sich irritiert und sagte nur, dass Dr. Reina, der Chef der interdisziplinären ambulanten Chemotherapie, mich für die Studie vorgeschlagen habe. Dr. Messner sagte daraufhin nichts mehr, doch ich fand es nett, dass er sich so vehement für mich eingesetzt hatte. Ich selbst hatte Dr. Reina auch gefragt, weshalb ich in der Studie sei. Er hatte mir darauf geantwortet, dass meine Erkrankung eine »ernste« Prognose hätte. Ich hatte daraufhin nicht nachgehakt.

Ich fand es ganz okay, in der Studie zu sein. Die Gespräche mit der Psychologin hatten mir einfach gut getan. Wahrscheinlich einfach nur, weil mir so viel Aufmerksamkeit geschenkt wurde. Die Angelegenheit mit den Fragebögen stand auf einem anderen Blatt.

Erkan und seine Kumpels waren beeindruckt, da mir, wie es schien, die Chemotherapie nicht viel ausmachte. Das war aber nach einer Woche vorbei. Ich bekam plötzlich Durchfall und musste öfters die Toilette aufsuchen. Und mir war sauschlecht. Es gab zwar Medikamente gegen das Unwohlsein, sie konnten das Übel aber nicht gänzlich abstellen. Das war nicht das Schlimmste. Wirklich schlimm war die Kraftlosigkeit, die mich überfiel. Ich war so schwach, dass ich morgens beim Waschen ewig brauchte, um fertigzuwerden. Ich brauchte mehrere Pausen, bis ich ans Ende kam. Duschen war Schwerstarbeit. Wenn ich aus dem Bad kam, musste ich mich gleich hinlegen und ausruhen. Auf dem Ergometer zu trainieren, wie ich es die erste Woche getan hatte, war völlig unmöglich. Irgendwann war ich so schwach, dass mir das Pflegepersonal helfen musste, mich anzuziehen.

Erkan wurde verlegt. Wir wünschten uns alles Gute. Mehr konnten wir nicht tun. Wie ich später erfuhr, hat ihn die zweite Behandlung nicht gerettet. Einige Monate nach der Chemo ist er gestorben.

Ich bekam einen neuen Leidensgenossen auf das Zimmer. Ein hochaufgeschossener hagerer Mann. Er war fünfundsiebzig Jahre alt, hatte Lungenkrebs, Metastasen hatten sich im Knochengewebe gebildet. Er hatte schon eine Chemotherapie hinter sich. Nach der Behandlung war er mit einem Infekt eingeliefert worden und mit Antibiotika behandelt worden. Als er entlassen wurde, war ihm auf dem Weg zum PKW auf dem Parkplatz der Klinik der Beckenknochen gebrochen. Grund dafür die Metastasen, die sich dort gebildet hatten. Man hatte ihn gleich wieder aufgenommen, um erstens den Beckenbruch zu behandeln und zweitens um zu schauen, wie es weitergehen sollte. Er hatte zu Hause seine demente Frau betreut und brauchte nun selbst Hilfe. Seine Frau war seine größte Sorge. Zurzeit schaute eine Nachbarin nach ihr, das war aber kein tragbarer Zustand. Glücklicherweise konnte das einer der Sozialarbeiter der Abteilung schnell regeln. Als mein Zimmergenosse entlassen wurde, bekam ich noch mit, dass er über den Sozialarbeiter ein Pflegebett für sich beantragte. Seine Frau hatte auch schon eines, wie er mir erzählt hatte. Ich fragte mich, wie das mit den beiden Leutchen zu Hause gut gehen sollte. Sie dement, er schwer krebskrank und durch den Beckenbruch selbst behindert. Seine Frau war einmal mit einer Nachbarin zu Besuch da gewesen. Sie war sehr nett, von ihrer Demenz merkte ich nicht viel. War dann wohl noch das Anfangsstadium oder sie hatte einen echt guten Tag gehabt. Ich hatte ja dreißig Jahre als Ergotherapeut mit Demenzkranken gearbeitet und konnte das so einigermaßen einschätzen. Aber bei beiden würde das mit den Erkrankungen nicht besser werden. Als er sich von mir verabschiedete, weinte er. Ja, wir hatten uns gut verstanden. Das Wissen um die todbringende Krankheit verband.

Auch hier erfuhr ich später, dass der alte Herr seinem Krebsleiden erlegen war.

Der nächste Zimmergenosse war wiederum ein junger Mann, zwei- oder dreiundzwanzig Jahre alt. Er hatte unter Rückenschmerzen gelitten, man hatte ihn wegen dieser Symptome krankengymnastisch behandelt. Erst als die Beschwerden zunahmen, hatte man weitere Untersuchungen durchgeführt. Dabei kam heraus, dass er Hodenkrebs hatte, der Krebs schon ins Knochengewebe der Lendenwirbelsäule gestreut hatte. Das hörte sich nicht gut an. Seine Chancen standen ebenfalls nicht gut, wie er sagte. Er war aber guter Dinge, schien die Gewissheit zu haben, die Erkrankung zu überstehen. Vielleicht Verdrängung, ich weiß es nicht. Jeder musste seinen eigenen Weg finden, um mit solch einer außergewöhnlichen Situation umzugehen. Er lag nur drei Tage bei mir, dann wurde er auf ein anderes Zimmer verlegt. Warum die Verlegung geschah, weiß ich nicht. Ich sah und hörte nichts mehr von ihm.

Ab diesem Zeitpunkt lag ich allein im Zimmer.

Zurück zur Behandlung. Zwei Tage nach der beendeten Chemotherapie fand die Stammzelltransplantation statt. Eigentlich eine unspektakuläre Angelegenheit. Eine diensthabende Ärztin nahm die Transplantation vor. Sie kam mit einem Tablett, auf dem zwei sehr voluminöse Spritzen lagen. Gefüllt mit meinen Stammzellen. Zu sehen war eine blutige Flüssigkeit. Über einen kleinen Verbindungsschlauch schloss die Ärztin die erste Spritze an meinem Portkatheter an. Sie erklärte mir, dass sie die Stammzellen nur langsam übertragen könne. Wenn ich einen Hustenreiz spüren würde, solle ich das sagen. Dann würde sie die Zufuhr stoppen, eine kurze Pause einlegen, dann weitermachen. Das sei alles. Die Prozedur zog sich tatsächlich hin. Es musste zwischendurch eine längere Pause eingelegt werden, weil ich dringend auf die Toilette musste, um Wasser zu lassen. Was ab da vermehrt vorkam. Doch dazu später. Nach der Pinkelpause bekam ich die zweite Spritze verabreicht und damit war meine Krebsbehandlung beendet. Eine zweischneidige Situation. Einesteils war ich froh, dass die Behandlung beendet war, andererseits gab es jetzt keine medizinische Hilfe mehr. Das Möglichste für meine Behandlung war getan. Nun würde sich zeigen, ob die Behandlung Erfolg gebracht hatte oder nicht. Vom Gefühl her betrat ich Niemandsland.

Die Behandlung selbst war zwar beendet, an eine Entlassung war aber nicht zu denken. Ich musste noch unter Beobachtung bleiben, außerdem litt ich sehr unter den Nebenwirkungen der Chemotherapie. Es würde Zeit brauchen, bis ich wieder auf die Beine kommen würde. Es gab Tage, da lag ich die ganze Zeit nur auf dem Bett und war nicht in der Lage, irgendetwas zu unternehmen. Noch nicht mal lesen ging. Die Fernsehserie »Der Kommissar« aus den sechziger und siebziger Jahren hatte ich neben »Breaking Bad« ebenfalls auf DVD dabei. Ich war aber manchmal nicht in der Lage, den Laptop mit externem DVD-Player aufzubauen, um die Serie zu schauen. Aber so nach und nach kam ich langsam wieder zu Kräften. Und ich wandte mich nun einer Sache zu, die mich etwas ablenkte.

Ich hatte mich an einer Ausschreibung des Karina-Verlags, einem österreichischen Buchverlag, beteiligt. Es ging um eine Kurzgeschichte zum Thema »Kinder dieser Welt«.

Zu verschiedenen Ländern war eine Geschichte über ein Kind, das in einem der Länder lebte, zu schreiben. Ich hatte eine Idee dazu und den Part für Deutschland übernommen. Die Geschichte musste nur noch geschrieben werden.

2016 hatte der Verlag eines meiner Bücher - »Begegnungen - Geschichten aus der Psychiatrie« - veröffentlicht.

Für eine Ausschreibung einer frühlingshaften beziehungsweise österlichen Anthologie hatte ich eine Kurzgeschichte geschrieben, die an meinem Arbeitsplatz in einem psychiatrischen Krankenhaus spielte. Ich hatte damals mit einer Gruppe Patienten einen Osterstrauß geschmückt. Dabei war es zu einigen humorvollen Begebenheiten gekommen, die es wert waren, in einer Geschichte festgehalten zu werden. Die Geschichte wurde tatsächlich in die Anthologie aufgenommen.

Österliches Intermezzo

„Eier anmalen. Da hab' ich keine Lust zu." Herr Schulz nahm den Seitenschneider, den ich für das Zuschneiden der Forsythienzweige benutzt hatte, und begann, sich seine Fingernägel zu schneiden.

Das war der Punkt, an dem ich nicht mehr weiterwusste. Die kleine Gruppe von vier älteren Langzeitpatienten war schon immer schwer zu motivieren gewesen. In meiner Funktion als Ergotherapeut war genau das aber meine Aufgabe.

Dieses Mal hatte ich angenommen, dass das Angebot, die Station österlich zu schmücken, auf Zustimmung stoßen würde, da es um den Wohn- und Lebensbereich der Patienten ging. Ich wollte mit den Patienten einen Osterstrauß gestalten.

Das war, wie sich jetzt herausstellte, reines Wunschdenken von mir gewesen. Ja, ich liebe Ostern. Ich mag diese Feiertage, weil sie für mich den Inbegriff von Frühling bedeuten. Ich verbinde Ostern mit Sonnenschein und Frühlingsduft. Ich erinnere damit den Geruch nach blühenden Frühlingsblumen und Vogelgezwitscher am Morgen. Ich erwarte mit Ostern die Zunahme meiner Energie und das Gefühl von Aufbruch und Erneuerung.

Dass ich diese Gefühle den Patienten, von denen einige schon dreißig Jahre in der Psychiatrie verbracht hatten, wohlwollend unterstellte, war wohl ziemlich naiv von mir.

„Wie ist es mit Ihnen? Haben Sie Lust, die Eier anzumalen oder geht es Ihnen wie Herrn Schulz?" Ich wandte mich den anderen Patienten zu.

Herr Kowalski, der nur polnisch sprach und seit einer Beinamputation im Rollstuhl saß, zeigte mir wie üblich seine Geste des Halsdurchschneidens. Er hatte also auch keine Lust.

„Wann ist denn das nächste Mal Schule?" Immer dann, wenn Herr Brettschneider sich einer Situation in der Ergotherapie entziehen wollte, stellte er mir diese Frage. Also ebenfalls mit „Nein" abgehakt.

Blieb noch Herr Marquardt. Von ihm erwartete ich keine Antwort. Ich hatte in seiner Akte gelesen, dass er schon seit Jahren nicht eine Silbe gesprochen hatte. Er machte aber immer das, was die Gruppe tat.

Damit hatte sich die Sache also erledigt. Schade, aber nicht zu ändern.

„Na gut, dann lassen wir es. Ich möchte und kann Sie zu nichts zwingen. Dann können Sie alle wieder zurück auf ihre Station gehen." Ich versuchte, mir meine Enttäuschung nicht anmerken zu lassen.

„Auf die Station zurück? Das geht nicht." Herr Schulz schien sich zum Sprecher der Gruppe aufzurufen. „Da werden wir wieder vom Stationspfleger angemistet. Außerdem gibt es dann den ganzen Tag keine Zigaretten mehr."

Ich wusste, dass als Sanktionsmaßnahme den Rauchern unter den Patienten die Zigaretten vorenthalten wurden. Wie es schien, hatte man dieses erprobte Mittel angewandt, um den Patienten den Weg in die Ergotherapie zu „erleichtern".

Das wurde hier ja jetzt sehr interessant!

„Wollen Sie damit sagen, dass Sie nur unter Druck in die Ergotherapie kommen? Ich nahm an, Sie würden aus freien Stücken zu mir kommen. Ich dachte, es macht Ihnen Spaß, was wir so machen."

„Nein, wir möchten lieber auf der Station bleiben. Aber Herr Hartmann hat gesagt, wenn wir nicht zu Ihnen gehen, bekommen wir Ärger mit ihm. Das wollen wir nicht."

Herr Hartmann war der Stationspfleger. Für die Langzeitpatienten war er das, was Attila, der Hunnenkönig, für seine Untertanen gewesen war.

Ich war geschockt. Ich hatte tatsächlich angenommen, die kleine Gruppe von Patienten würde aus Freude an den Aktivitäten, die ich mit ihnen durchführte, in die Ergotherapie kommen. Ich war erst seit kurzer Zeit in der Psychiatrie tätig. Hatte als Berufsanfänger mit entsprechenden Institutionen und deren Maßnahmen im Umgang mit Patienten keine Erfahrung. Ich hatte nicht vor, lange im psychiatrischen Bereich zu arbeiten. Ich fühlte mich in diesem Umfeld nicht unbedingt wohl – wie jetzt in dieser Situation: Ich war überfordert.

„Tja, dann sollte ich wohl mal mit Herrn Hartmann reden. Das geht nicht, dass er sie zwingt, bei mir mitzumachen."

„Nein, nein! Bitte nicht! Wir kriegen nur Ärger. Wir machen lieber hier mit. Lieber malen wir die Ostereier an." Herr Schulz schaute mich entsetzt an.

„Gut, wie Sie wollen", sagte ich. „Die anderen sind auch damit einverstanden?"

Waren sie. Ihr eifriges Nicken war Antwort genug. Dieser Kelch war jedenfalls erst mal an mir vorübergegangen. Trotzdem nahm ich mir insgeheim vor, mal mit Herrn Hartmann zu reden.

Ich gab jedem der Patienten einige der ausgeblasenen Eier. Farben, Pinsel und Wachsmalstifte hatte ich vorher schon auf dem Arbeitstisch ausgelegt.

„Übrigens: Ich hoffe, Sie mögen Rührei. Ich habe die Eier vorhin alle ausgeblasen und habe die Eiermasse auf Ihrer Station abgegeben. Heute Abend wird es also Omelette zum Abendbrot geben." Ich hoffte, wenigstens mit dieser Information etwas Freude zu verbreiten.

„Gute Idee, gute Idee", meinte Herr Brettschneider. Er klatschte in die Hände. Bei Herrn Schulz deutete sich ein Lächeln an, Herr Kowalski machte wieder das Zeichen des Kehledurchschneidens und Herr Marquardt strahlte wie Sonne an einem Wintermorgen. Wenigstens die bevorstehende Rührei-Orgie schien somit in Ordnung.

Sie malten alle fleißig vor sich hin. Das eine oder andere der dünnwandigen Eier ging dabei zwar zu Bruch, doch das hatte ich in meine Vorbereitungen einkalkuliert und mich ausreichend mit dem Hühnerprodukt eingedeckt.

Einige der Eier hatte ich mit Mustern versehen, die nur ausgemalt werden brauchten. Ich wollte damit den Patienten die Angst vor der leeren Eierschale nehmen und die Arbeit etwas erleichtern.

Die Mühe hätte ich mir sparen können. Trotz meiner Hinweise bezüglich der vorgezeichneten Konturen wurden diese ignoriert und übermalt. Jeder der Patienten hatte sich eine Farbe ausgesucht, die Eier wurden mit dieser Farbe vollständig angemalt. Herr Schulz tendierte zu Blau, laut Statistik gehörte er damit zu den 33 % der Weltbevölkerung, die Blau als Farbe bevorzugen. Ich gehöre übrigens auch dazu.

Herr Marquardt wählte Rot, eine Farbe, die mir durch ihre enorme Signalwirkung ebenfalls gut gefällt. Leider gingen bei ihm die meisten Eier entzwei, sodass sich später am Osterstrauß nur ein Ei in der Farbe Rot befand.

Herr Brettschneider wollte seine Ostereier in Naturfarbe lassen, stieß da aber bei mir auf erheblichen Widerstand. Wir einigten uns dann darauf, dass er die Eier mit einem Bleistift anmalen sollte. Anthrazitfarbene Eier mit weißen Durchbrüchen waren die Folge.

Herr Kowalski (der Kehledurchschneider) nahm sich den erstbesten Wachsmalstift und malte seine Hühnereier damit an. Leider war es ein schwarzer Stift, der griffbereit in seiner Nähe lag.

Als ich nach der Gruppenstunde dann den Forsythienstrauß, geschmückt mit den angemalten Eiern aufstellte, sah er etwas gewöhnungsbedürftig aus. Ein rotes Ei, fünf blaue Eier, vier anthrazitfarbene (mit weißen Flecken) und sechs schwarze Ostereier schmückten den Strauß.

Unser Osterstrauß erregte viel Aufsehen. Sogar von anderen Stationen kamen Pflegekräfte, um das Wunderwerk zu bestaunen. Meine vier Gruppenmitglieder und ich waren in der Klinik in aller Munde.

Eines muss ich sagen: Mir gefielen die schwarzen Eier am besten.

Das Schreiben dieser Geschichte brachte mich auf die Idee, weitere Geschichten aus meinem Arbeitsleben zu schreiben. Es gab genug humorvolle, skurrile und auch makabre Ereignisse über, die ich schreiben konnte. Ich stellte eine Liste von Ereignissen auf und fing an, diese auf Papier zu bringen. Im wahrsten Sinne des Wortes, denn die Rohfassung meiner Texte schreibe ich auf Kladde. So entstanden einige Geschichten, die ich in einem Manuskript mit der entsprechenden Rahmenhandlung zusammenfasste. Ich änderte selbstverständlich Namen und Geschehnisse derart, dass man keine Rückschlüsse auf Personen ziehen konnte. Da es in den Geschichten auch um Belange der Klinik ging und ich deswegen unsicher war, sprach ich den Oberarzt unserer Abteilung an. Er nahm Rücksprache mit dem medizinischen Direktor und dem Geschäftsführer der Klinik. Diesen musste ich das fertige Manuskript vorlegen. Sie überprüften es auf Bekanntgabe von Geschäftsgeheimnissen und auf Datenschutz. Das Manuskript wurde freigegeben und ich machte mich auf die Suche nach einem Verlag. Solche findet man im Internet genug. Es ist aber schon schwieriger, einen Verlag zu finden, der das Manuskript eines unbekannten Autors veröffentlicht und kein Druckkostenzuschussverlag ist. Denn bei denen darf man alles selbst zahlen, hochpreisig natürlich, und Werbung findet keine statt. Kurz und gut, es dauerte nicht lange und die ersten Absagen trafen ein. Bevor ich mich frustriert in mein Schneckenhaus zurückziehen konnte, bekam ich eine Zusage eines Verlags aus Österreich. Der Karina-Verlag hat seinen Sitz in Wien. Er ist ein Buchverlag, der aus dem Verein »Rezept für Dich - Autorinnen gegen Gewalt« entstanden ist. Ich war auf diesen Verlag zufällig über ein soziales Netzwerk gestoßen und hatte mein Glück bei diesem Verlag gesucht. Und gefunden!

Nach der Veröffentlichung meiner Psychiatriegeschichten hatte ich mich an einigen Anthologien des Verlags beteiligen können. Zurzeit schrieb ich an einem Kriminalroman, den ich dem Verlag zuschicken wollte. Aber zunächst musste die Kurzgeschichte fertig werden. Und ich schaffte es tatsächlich, mich hinzusetzen und den Anfang niederzuschreiben. Das brach das Eis. Innerhalb zweier Tage war die Geschichte fertig. Ich freute mich sehr darüber. Trotz der belastenden Situation war ich in der Lage, meinem Hobby nachzukommen. Das machte mir deutlich, welch hohen Stellenwert das Schreiben für mich hatte. Das Anfertigen der Kurzgeschichte beflügelte mich dermaßen, dass ich während meines Klinikaufenthaltes auch an meinem Krimi weiterschrieb. Er wurde dann tatsächlich im Mai des folgenden Jahres vom Verlag veröffentlicht.

11. Komplikationen

Ich bemühte mich, trotz meiner Appetitlosigkeit zu essen. Ich wurde von den Pflegekräften ständig dazu aufgefordert. Ich versuchte ihnen zu erklären, dass ich es als sehr paradox empfand, auf der einen Seite künstlich ernährt zu werden, auf der anderen Seite aber genötigt wurde, zu essen. Das interessierte aber niemand wirklich. Die Nahrungszufuhr war, was spezielle Nahrungsmittel betraf, eingeschränkt, es gab möglichst keimfreie Kost. Alle Wurstwaren, Geflügelerzeugnisse und Käsesorten mussten vakuumverpackt, Gemüse und Salate gegart sein. An Obst gab es nur schälbares Obst oder gekocht als Mus oder Kompott. Ich bestellte mir oft Pizza, ich schaffte natürlich nur einen Teil davon.

Erwähnt hatte ich ja schon, dass ich oft zur Toilette musste, um Wasser zu lassen. Das häufte sich. So musste ich nachts so an die fünfmal zur Toilette. Dann kam eine Nacht, da konnte ich kein Wasser lassen. Ich kannte das von längeren Autofahrten, bei denen ich lange nicht uriniert hatte. Da klemmte es manchmal beim Wasserlassen, später nach kurzer Zeit der Entspannung gelang es. Doch diesmal hatte ich keine Chance. Auch der zweite Versuch scheiterte. Der Harndrang war da, aber die Harnröhre war wie zugenäht. Ich läutete nach der Nachtschwester und klagte ihr mein Leid. Sie meinte, ich solle noch etwas warten und es später noch einmal versuchen. Das würde schon. Es klappte aber nicht, der Druck auf die Blase wurde immer drängender. Ich teilte das der Nachtschwester mit. Da bliebe nichts anderes, als einen Katheter zu legen, meinte sie. Hatte ich mir gedacht und befürchtet. Gehört hatte ich, dass das sehr schmerzhaft sein sollte. Dazu kam mein nicht unerhebliches Schamgefühl. Da würde jemand an meinem Penis rumfummeln. Das wollte ich eigentlich nicht. Die Schwester kündigte an, gleich mit den entsprechenden Utensilien wiederzukommen.

Der Druck auf meiner Blase war schon sehr stark, ich wollte tatsächlich nur noch Erleichterung. Die Schwester kam zusammen mit Pfleger Johannes, den ich schon kannte. Ein junger schlaksiger Mann, der immer guter Laune war. Die hatte er diesmal jedoch nicht mitgebracht. Wie die beiden mir mitteilten, sollte Johannes den Katheter legen, die Schwester traute sich das nicht zu. Mir war es lieber, dass ein Geschlechtsgenosse den Katheter legen würde, aber als ich mir das Gesicht von Johannes ansah, wurde es mir anders. Es sah so aus, als hätte er mehr Angst vor der Prozedur als ich. Er fummelte an dem Katheterschlauch herum und versuchte, ihn einzuführen. Anfangs ging es gut voran, als dann die Engstelle kam, stoppte es und ging keinen Millimeter weiter. Jedenfalls gab Johannes auf und zog den Schlauch wieder heraus. Es hatte erstaunlicherweise nicht so sehr geschmerzt, wie ich es mir vorgestellt hatte. Es kam jedoch Blut aus der Harnröhre.

Tja, das war schiefgelaufen. Die beiden Pflegekräfte standen etwas hilflos vor mir. Die Nachtschwester rief in der Urologie an und bat den dort diensttuenden Arzt um Hilfe.

Es dauerte dann noch qualvolle fünfzehn Minuten, die sich wie Stunden anfühlten, bis ein blondgelockter gut gelaunter Arzt erschien. Der fackelte nicht lange und schob mir voller Vehemenz den Katheterschlauch in die Harnröhre. Er kam anstandslos durch und man hörte es in den Urinbeutel plätschern. Der Beutel war prall gefüllt. Es war wirklich Zeit gewesen. Ich war sehr erleichtert. Ein Harnverhalt war ja tatsächlich immer ein Notfall. Jetzt wusste ich warum. Ich hatte bei der Aktion keinerlei Schamgefühl verspürt. Dazu war ich zu sehr in Not gewesen.

Am nächsten Tag wurde die Sache bei der Visite besprochen. Die Ärzte gingen davon aus, dass der Harnverhalt durch die Morphiumgabe verursacht worden sei, die ich gegen die Schmerzen der Entzündung der Mundschleimhaut erhalten hatte. Daher sei das Morphium abzusetzen, der Katheter nach drei Tagen zu entfernen. Ich bekam ein anderes Schmerzmittel zur Linderung der Schmerzen.

Nach besagten drei Tagen wurde der Katheter gezogen. Ich hatte erwartet, nun urinieren zu können. Ich hatte mich getäuscht. Urinieren klappte nicht. Der Katheter war morgens entfernt worden. Als ich abends immer noch kein Wasser lassen konnte und der Druck auf meine Blase sehr schmerzhaft angestiegen war, bekam ich den zweiten Katheter verpasst. Die Ärzte waren nun der Meinung, dass sich meine Prostata unglücklicherweise so vergrößert hatte, dass sie die Harnröhre verschloss. Dass ich eine vergrößerte Prostata hatte, war schon länger bekannt, sie hatte jedoch bisher keine Probleme bereitet. Ich musste zwar nachts an die dreimal raus, aber sowas ...

Man verordnete mir zwei Medikamente, die dafür sorgen sollten, dass sich die Prostata wieder verkleinerte. Hörte sich für mich wie ein Wunder an. Ich hatte bis dato angenommen, dass nur durch eine Operation Abhilfe geschaffen werden konnte. Aber gut, wenn das mit Medikamenten funktionieren würde. Der Katheter sollte kurz vor meiner Entlassung gezogen werden. Bis dahin sollte sich das Problem gelöst haben.

Nach einer Woche war es dann so weit. Die Ärzte waren der Meinung, dass die Medikamente ihre Arbeit getan hätten und die Prostata verkleinert sei. Der Katheter wurde gezogen. Mit dem Ergebnis, dass ich weiterhin kein Wasser lassen konnte. Mir war es irgendwie egal, ich hatte schon beim zweiten Versuch resigniert.

Allgemeiner Tenor bei den Ärzten war, dass die Medikamente bei mir nicht angeschlagen hätten oder mein Körper einfach mehr Zeit bräuchte, um auf die Medis zu reagieren. Mir wurde der nächste Katheter verpasst.

Da schleppte ich nun diesen Dauerkatheter mit mir herum. War nicht schön. Ich empfand den

Schlauch als relativ dick und hatte das Gefühl, er würde nicht richtig sitzen. Die Ärzte meinten, es bräuchte eben seine Zeit, bis man sich an solch einen Fremdkörper gewöhnt hätte. Ein schwacher Trost. Ich war sehr frustriert. Ansonsten ging es mir körperlich langsam besser. Mir war nicht mehr übel und Waschen und Anziehen funktionierten wieder ganz gut. Sonst fühlte ich mich noch schwach. Den Ergometer beispielsweise konnte ich nicht nutzen. Hatte definitiv nicht genug Puste dazu. Das würde noch werden, versicherte man mir. Es würde seine Zeit brauchen, bis ich wirklich wieder bei Kräften wäre. Und bis das Immunsystem wieder vollständig funktionieren würde, bräuchte es zwei Jahre. Ich musste mich also vor Infektionen schützen. Da half nur eine Mund- und Nasenbedeckung. Der Impfschutz, den ich vor der Chemotherapie hatte, war zerstört. Die Hochdosis-Chemotherapie hatte alles, was an Immunabwehr vorhanden gewesen war, zunichtegemacht. Nach einem halben Jahr Wartezeit sollte ich mich mit allen nötigen Impfungen versehen lassen. Merkte ich mir vor.

Zwei Tage vor der geplanten Entlassung bekam ich Fieber. Wie man feststellte, hatte ich einen Harnwegsinfekt. War kein Wunder, sagte man mir, da ich ja den Dauerkatheter trug. Über das Schlauchsystem gelangten Bakterien mit Leichtigkeit zur Blase und weiter. Ich bekam ein Antibiotikum dagegen und nach wenigen Tagen war das Fieber verschwunden, die bakterielle Infektion ausgemerzt.

Dann war der Zeitpunkt der Entlassung gekommen. Man machte mich darauf aufmerksam, dass ich, sollte ich Fieber bekommen, mich sofort melden solle. Man gab mir eine Notrufnummer in die Hand. Jede Infektion sei für mich lebensbedrohlich, ich solle mit einem Anruf nicht zögern. Bei einer Infektion müsse ich sofort stationär aufgenommen und mit den entsprechenden Antibiotika behandelt werden. Merkte ich mir ebenfalls.

Man hatte mir gesagt, dass ich einen Antrag auf eine Rehabilitationsmaßnahme stellen könne. Darauf hatte ich nach dieser Behandlung einen Anspruch. Mir war das bekannt und ich hatte mir schon darüber Gedanken gemacht. Ich hatte mich entschieden, keine Reha in Anspruch zu nehmen. Ich hatte vor einigen Jahren an einer ambulanten Reha-Maßnahme teilgenommen und dies negativ in Erinnerung.
Ich hatte Urlaub gehabt, verspürte morgens beim Aufstehen einen schrecklichen Schmerz im Rücken und konnte mich nicht mehr rühren. Hexenschuss, dachte ich. Was sollte es auch sonst sein? Die Schmerzen waren so heftig, dass ich zu einem Schmerzmittel griff, daBeins ich gegen eventuelle Schmerzen bei einem Schub meiner Colitis ulcerosa vorrätig hatte. Ich nahm es ein und nach zirka einer halben Stunde waren

die Schmerzen verschwunden. Ich war erstaunt, dass es so schnell wirkte. Dauerte sonst länger. Dann merkte ich im Laufe des Tages, dass ich in meinem linken Unterschenkel kein Gefühl mehr hatte. Es schien doch etwas Gravierenderes zu sein. Als ich mich beim Duschen auf mein linkes Bein stellte, um den rechten Fuß besser waschen zu können, stürzte ich. Ich hatte keine Kraft mehr im Bein, die Muskeln versagten ihren Dienst. Glücklicherweise hatte mein Hausarzt abendliche Sprechstunde, also führte mich mein nächster Weg zu ihm. Er tippte auf einen Bandscheibenvorfall, der die Bandscheibennerven eindrückte, die für die Berührungs- und Schmerzempfindung zuständig waren. Daher kein Schmerz und Gefühl im linken Bein. War also nicht das Schmerzmittel, was geholfen hatte. Er überwies mich an einen Orthopäden, der mich zu einem MRT anmeldete. Es zeigte, dass ich tatsächlich einen Bandscheibenvorfall im Lendenwirbelbereich hatte. Er war so ausgeprägt, dass nur eine Operation Abhilfe schaffen konnte. Diese erfolgte eine Woche später, danach sollte eine Reha-Maßnahme folgen. Ich entschied mich für eine ambulante Reha, so konnte ich die Abende und Nächte zu Hause verbringen. Die Reha-Einrichtung befand sich im Ort, mein Stiefsohn fuhr mich, wenn er zur Arbeit fuhr, morgens dort vorbei und holte mich abends ab. So gut, so schön.

Ich hatte tatsächlich jeden Tag drei bis vier Anwendungen, die Zeit dazwischen verbrachte ich im Wartebereich der Einrichtung. Dieser befand sich in einer Riesenhalle mit einer Unmenge Getriebe drum herum. Es gab zwar einen Ruhebereich, doch die wenigen Sessel und Liegen dort, waren immer besetzt. Für mich bedeutete diese Reha-Maßnahme Stress pur, ich kam dort nicht zur Ruhe. Meinem Gefühl nach hätte ich die aber gebraucht. Dazu kam, dass ich bei fast jeder Anwendung einen anderen Behandler hatte. Ich fühlte mich überfordert. Eine Reha war also nichts für mich. Bei einer stationären Reha hätte ich zwar mehr Rückzugsmöglichkeiten gehabt, doch entschied ich mich trotzdem dagegen. Ich hatte kein Interesse mich drei oder noch mehr Wochen in einen klinikähnlichen Betrieb zu begeben. Ich freute mich auf zu Hause und darauf, dass ich tun und lassen konnte, was ich wollte. Das war das Beste für meine Gesundung.

Meiner Meinung nach war ich für eine Entlassung viel zu schwach, aber erholen konnte ich mich zu Hause ja ebenso. Und so marschierte ich mit meinem Urinbeutel, in einer Leinentasche versteckt, nach Hause.
Blutkontrollen sollten regelmäßig von meiner Hausärztin vorgenommen werden. Ansonsten hatte ich Mitte November, also in drei Monaten meinen ersten Nachsorgetermin in der hämatologischen Ambulanz. Ich hatte angenommen, dass man mich auf noch vergrößerte Lymphknoten untersuchen würde, aber das war nicht der Fall. Erst im November

würde man sehen, ob die Behandlung tatsächlich ein Erfolg war oder nicht. Ein banges Warten stand also an.

Dass ich die Klinik mit dem Dauerkatheter, der zwar nichts mit der Krebserkrankung zu tun hatte, verließ, erlebte ich als Niederlage. Die Chemo hatte ich zwar überstanden, doch der Katheter frustrierte mich sehr. Wie es damit weitergehen sollte, sollte ich mit meinem Urologen klären. Ich hatte schon während meines Klinikaufenthaltes einen Termin mit ihm ausgemacht. Der Katheter musste nach vier Wochen gewechselt werden, um die Gefahr einer Harnwegsinfektion zu verringern.

Nun war ich zu Hause, fühlte mich kraftlos. Unser Haus hatte zwei Stockwerke, im ersten Stock war mein so genanntes Arbeitszimmer, in dem ich meine Texte verfasste. Daneben war das Schlafzimmer. Meine Frau hatte in der obersten Etage ihr eigenes Zimmer, in Parterre befanden sich Küche, Esszimmer und Wohnzimmer. Ich hielt mich meist im Wohnzimmer auf, ersparte mir das Treppensteigen, bei dem mir die Puste ausging. Im Wohnbereich konnte ich lesen, Fernsehen schauen und auch schreiben.

Ich war unzufrieden mit meiner Situation. Eigentlich hätte ich mich freuen sollen, denn ich hatte die Chemotherapie überstanden. Doch meine Kraftlosigkeit und der Dauerkatheter störten mich sehr. Der Schlauch in Harnröhre und Blase ließ mich schlecht schlafen, auch tagsüber hielt er mich in Unruhe. Immer zwickte irgendwo etwas. Ich konnte mich an dieses Ding nicht gewöhnen. Der Urin im Beutel sah nicht gut aus. Er war trüb, weiße Flocken trieben darin. Das war ziemlich ekelhaft und verunsicherte mich. Entlassungstag war ein Freitag. Den Sonntag darauf musste mich mein jüngster Stiefsohn wieder in die Klinik fahren. Der Urin floss nicht mehr in den Beutel ab und sammelte sich im Schlauch. Was den Katheter betraf, hatte man mir keine Verhaltensregeln an die Hand gegeben, ich war recht hilflos. Glücklicherweise ließ sich das Problem durch einen Wechsel des Beutels, da nur der Schlauchanschluss verstopft war, lösen. Man gab mir einen zweiten Beutel mit, falls das Problem nochmals auftauchen sollte. Beruhigend.

Nach drei Wochen zu Hause bekam ich Fieber. 38 Grad. Ich rief in der Klinik an und sagte Bescheid. Ich solle noch abwarten, wenn das Fieber am nächsten Tag nicht sinken würde, solle ich noch mal anrufen. Nach einer unruhigen Nacht betrug die Temperatur am nächsten Tag 39 Grad. Ich rief also wieder in der Klinik an. Man sagte mir, ich solle direkt die Station 116 der Hämatologie aufsuchen und mich aufnehmen lassen.
Gesagt getan. Dann ging es also wieder schnellstens in die Klinik.
Ich hatte mir eine Harnwegsinfektion eingefangen, wie man anhand der Untersuchung meines Urins

feststellte. Wunderte mich nicht, so wie der aussah.

Ich wurde mit dem entsprechenden Antibiotikum versorgt, das Fieber wurde medikamentös unterdrückt. Nun lag ich hier unter Beobachtung. Erst lag ich allein auf dem Zimmer, dann wurde ein großer überschlanker Mann, so um die fünfzig, aufgenommen. Er kam in Begleitung seiner beiden Töchter, die den ganzen Tag bei ihrem Vater blieben, um ihn nicht aus den Augen zu lassen. Eigentlich ein schöner Zug von ihnen, aber es wurde den ganzen Tag palavert und ich hätte gern etwas Ruhe gehabt. Mir ging es nicht gerade toll, muss ich sagen.

Der Mann war sehr groß, daher das Bett zu klein. Er machte einen ganz schönen Aufstand deswegen. Man hatte ihm gleich gesagt, dass er eine Bettverlängerung bekäme, ihm dauerte das zu lange. Nachdem die Bettverlängerung angebracht war, entstand etwas Ruhe.

Er hatte Lungenkrebs im fortgeschrittenen Stadium. Wie er immer wieder versicherte, hatte er nie in seinem Leben geraucht. Er erzählte das jedem Arzt, jeder Schwester, jedem Pfleger. Mir ebenfalls. Mehrmals. Er hatte Angst, man würde ihm nicht glauben. Er nervte ganz schön damit. Ich hatte mich bisher mit jedem Leidensgenossen gleich verstanden, Sympathie empfunden. Hier war mir das nicht möglich. Er machte auch keine Anstalten Kontakt zu mir aufzubauen. Was mit mir war, interessierte ihn nicht. Das Einzige, was ich von ihm hörte, war die Versicherung, nie geraucht zu haben. Ich ließ ihn also in Ruhe, fragte ihn nichts. Schien mir die Mühe nicht wert. Ich war froh, als er nach zwei Tagen verlegt wurde. Er hatte Lungenkrebs, musste also nicht in der Hämatologie liegen. Wahrscheinlich war er hier gelandet, weil auf den anderen Onkologiestationen kein Bett frei gewesen war.

Nach einer Woche wurde ich, da das Fieber verschwunden war, wieder nach Hause geschickt. Das sollte jedoch nicht lange währen.

Denn nach vier Tagen trat wieder Fieber bei mir auf. Da das an einem Wochenende geschah, konnte ich mich nicht direkt auf der Station 116 aufnehmen lassen, sondern musste über die Notaufnahme aufgenommen werden. Dadurch kam ich nicht mehr auf die Hämatologiestation, wie ich es mir gewünscht hätte. Ich kam auf eine der »normalen« Krebsstationen. Hier gab es weniger Personal, keinen eigenen Fernseher am Bett, Zimmer und Bad waren weniger geräumig. Alles wirkte irgendwie trostloser. Ja, auf Station 116 war ich sehr verwöhnt worden. Aber auch auf Station 21B war das Personal sehr nett und bemühte sich ebenso um die Patienten wie in der Hämatologie.

Das war nun die zweite Harnwegsinfektion, die ich mir eingefangen hatte. Ich fragte mich jetzt schon, wann die nächste kommen würde. Ich hatte, nachdem ich den ersten Katheter erhalten hatte, ausführlich mit einem der Pfleger darüber gesprochen. Übrigens gestand er mir, dass ich ihm leidgetan hätte, als ich nach überstandener Chemo den Dauerkatheter bekam. Sei so unnötig gewesen wie ein Kropf am Hals. Jedenfalls hatte er mir gesagt, dass man sich dadurch leicht einen Harnwegsinfekt einfangen könne. Besser und sicherer sei da ein Bauchdeckenkatheter, fachsprachlich Zystofix genannt. Das sei ein Katheter, bei der der Schlauch direkt über die Bauchdecke in die Blase ging. Hier käme es zu deutlich weniger Infektionen.

Ich hatte mir da so meine Gedanken gemacht. Und mein Entschluss stand fest. So ein Teil wollte ich!

Ich sprach einen der Ärzte deswegen an und sagte ihm, dass ich einen Bauchdeckenkatheter wünschte. Er fand das angemessen und machte mit der urologischen Abteilung einen Termin aus. Der war schon am nächsten Tag und ich sprach mit einem Oberarzt der Urologie über meinen Wunsch. Er hatte meine letzten Untersuchungsergebnisse zur Hand und meinte, meine Thrombozyten seien aber sehr niedrig. Die Gerinnungsfähigkeit meines Blutes sei dadurch herabgesetzt, bei einer Verletzung eines Gefäßes beim Setzen des Zystofix sei das zu gefährlich. Er lehnte also ab. Ziemlich frustriert kam ich in der Hämatologie an. Dr. März, den ich wegen des Zystofix angesprochen hatte, fragte, wann denn der Termin für das Setzen desselben wäre. Als ich ihm antwortete, dass ich keinen Termin bekommen hätte, rief er in der Urologie an, um mit dem Oberarzt zu sprechen. Er konnte diesen überzeugen, dass die Gefahr einer Blutung nicht so hoch sei, denn ich bekam meinen Termin zum Katheterlegen für den nächsten Tag. Und das ging ohne Komplikationen vor sich. Das Einzige, was zu sehen war, war ein dünner Schlauch mit einem Ventil, der aus meiner Bauchdecke in Höhe der Blase ragte. Ich solle das Ventil zirka alle drei Stunden öffnen, um den Urin abzulassen.

Ich könne ruhig probieren, den Harn auf natürlichem Weg loszuwerden. Könnte sein, dass das irgendwann funktionieren würde. Bei dem vorigen Dauerkatheter, bei dem sich der Abflussschlauch ja direkt in der Harnröhre befand, bestand diese Möglichkeit nicht. Egal, ich war froh, dass ich jetzt den Zystofix hatte und hoffte sehr, dass mir nun weitere Harnwegsinfekte erspart blieben.

Was den momentanen Klinikaufenthalt etwas kurzweiliger machte, war die Tatsache, dass mein Bettnachbar und ich dazu auserkoren waren, Prüfungspatienten einer Schwesternschülerin zu sein, die ihr Examen ablegen musste. Wir bekamen also sehr viel Aufmerksamkeit geschenkt, wurden exzellent versorgt und erlangten so eine gewisse Bedeutung. Ich hatte in meiner Tätigkeit als Ergotherapeut Ergotherapieschüler betreut und war als deren Praxisanleiter für die Prüfungen derselben an meinem Arbeitsplatz verantwortlich gewesen. Für diese Prüfungen musste ich auch Patienten finden, die bereit waren, als Prüfungspatienten zu agieren. War nicht immer einfach, jemanden dafür zu bekommen. Ich war daher gern bereit, bei der Prüfung mitzumachen. Die Schwesternschülerin bestand übrigens ihre Prüfung mit Auszeichnung. Ich hatte mich tatsächlich hervorragend betreut gefühlt.

Sie hatte mir gezeigt, wie der Bauchdeckenkatheter zu versorgen war. Die Öffnung in der Bauchdecke, aus der der Schlauch heraustrat, musste immer abgedeckt sein. Der Pflasterverband musste alle drei Tage gewechselt werden. Allein war das nicht möglich. Ich musste die Anleitung, die ich bekam, an meine Frau weitergeben. Und sie machte das wirklich exzellent. Hätte das nicht funktioniert, hätte ich jeden dritten Tag in die Hausarztpraxis gemusst, damit man dort den Verband anlegt. Ich hatte aber keine Lust auf noch weitere Kontakte zu Ärzten, Pflegekräften oder Arzthelferinnen.

Meine Frau und ich machten jeden Tag einen etwa halbstündigen Spaziergang, da ich etwas fitter werden wollte. War nicht einfach. Bei jeder Steigung ging mir die Luft aus und wir mussten Pause machen. Aber so nach und nach wurde es besser. Irgendwann konnte ich auch den Anstieg zu einem Schloss in der Nähe, der nicht ohne ist, bewältigen. Unsere Spaziergänge wurden länger, wir gingen zu Nordic Walking über und ich konnte längere Strecken in Angriff nehmen.

Eines Morgen ging ich auf die Toilette, versuchte wie immer, mein Wasser auf natürlichem Weg loszuwerden und siehe: es funktionierte. Ich konnte wieder Urin lassen. Vorbei mit dem Hantieren am Ventil dieses Schlauches. Ich wartete erst mal ab, ob es dabei blieb, bevor ich meinen Urologen darüber informierte. Beim nächsten Kontrolltermin bei ihm ließ ich den Katheter ziehen. Tatsächlich konnte ich mich erst danach über die überstandene Chemotherapie richtig freuen. Vorher hatte mich diese Kathetergeschichte zu sehr belastet und frustriert.

12. Auf und ab

Im November stand die erste Nachsorgekontrolle an. Schon Tage vorher merkte ich die Unruhe, die sich immer mehr in mir ausbreitete. Vermehrt tastete ich Hals und Leistengegend auf vergrößerte Lymphknoten ab. Die Nacht vor dem Kontrolltermin schlief ich selbstverständlich schlecht.

Im Wartezimmer der hämatologischen Ambulanz saßen schon eine Menge Leidensgenossen. Mit einem flauen Gefühl im Magen nahm ich dort Platz und wartete, bis ich aufgerufen wurde.

Am Anfang stand die Blutentnahme, dann kamen die körperliche Untersuchung durch die Ärztin Fr. Dr. Behl, die ich anfangs meines Berichtes schon erwähnte, und das Gespräch mit ihr. Sie konnte keine vergrößerten Lymphknoten ertasten. Doch erst die anschließende Ultraschalluntersuchung sollte für tatsächliche Klarheit sorgen. Die Ärztin verabschiedete mich, gab mir den Termin für die nächste Nachsorge und schickte mich dann zum Ultraschall. Sollte man dort vergrößerte Lymphknoten feststellen, sollte ich wieder zu ihm zurückkommen. Man müsse dann schauen, wie ich weiter zu behandeln wäre.

Da marschierte ich natürlich angespannt bis aufs Äußerste zur Ultraschalluntersuchung. Glücklicherweise brauchte ich hier nicht lange warten, die Patienten von der Hämatologie wurden vorgezogen.

Wie ich ihrem Gespräch entnehmen konnte, waren die beiden jungen Männer, die den Ultraschall vornahmen, Medizinstudenten. Die Schallung zog sich hin. Sie meinten, etwas entdeckt zu haben, waren aber unsicher. Mein Gedanke dazu war nur »Wie soll ich das Maria klarmachen«. Maria ist meine Frau.

Wir müssten auf den Oberarzt warten, meinten die Studenten, der würde noch mal »drüberschauen«. Es war ein banges Warten für mich, bis der Oberarzt erschien. Als er endlich da war, nahm er konzentriert die Untersuchung vor. Als er zu Ende geschallt hatte, meinte er, dass er nichts entdeckt habe. Wie es aussähe, befände ich mich in Remission. Mein Herz machte einen Freudensprung.

Ich war dermaßen aufgeregt, dass ich in der Umkleidekabine kaum in der Lage war, mein Hemd zuzuknöpfen. Da war wohl eine Menge Adrenalin geflossen. Ich war in Remission! Die Chemo hatte Erfolg gehabt! Keine Krebszellen sichtbar!

Mittags gingen meine Frau und ich essen. Das musste ja irgendwie gefeiert werden.

Ab diesem Zeitpunkt trat bei mir eine Veränderung ein. Bisher doch eher negativ eingestellt, schöpfte ich jetzt Hoffnung, die Krebserkrankung zu überstehen. Oder besser gesagt, ich erlaubte mir, Hoffnung zu haben.

Weihnachten und den Jahreswechsel nach 2020 verbrachte ich in guter Stimmung. Es ging körperlich immer mehr aufwärts. Die abgenommenen Kilos hatte ich wieder zugenommen. Nötig wäre das nicht gewesen. Hatte ich doch jetzt wieder mein ungesundes Übergewicht.

Ich hatte ab dem dritten Schuljahr zu viel auf den Rippen. Ich aß einfach zu viel. Ich kann mich diesbezüglich an eine Situation aus meiner Schulzeit erinnern, deren Peinlichkeit mir lange Zeit unerklärbar war.

Wandertag

Es war mal wieder Wandertag und ich mit meinem damals neun Jahren fand das so spannend, dass ich kaum schlafen konnte. An den Wandertagen war es tatsächlich so, dass wir den ganzen Tag unterwegs waren und für uns meist ungeübte Wanderer war es immer eine anstrengende Angelegenheit. Deshalb musste auch für ausreichend Verpflegung gesorgt werden. Dazu gehörten ein paar Tüten des Fruchtsaftgetränks »Sunkist« und einige belegte Brote.

Ich als Fein- und Vielschmecker bevorzugte selbstverständlich Weizenbrötchen, die ich lieber aß als das herb schmeckende Graubrot. Bis zu meinem sechsten Lebensjahr war ich immer sehr dünn gewesen. Nach meinem schon erwähnten Autounfall musste ich neun Tage in einer Klinik verbringen. In diesen Tagen entwickelte ich mich zum Vielesser. Wie ich heute weiß, war das reines Frustessen. Ich war von meiner Familie getrennt und das Krankenhaus machte mir Angst. Leider stellte ich mein Vielessen nach dem Krankenhausaufenthalt nicht ein und nahm immer mehr an Gewicht zu. Mit acht oder neun war ich ein schönes Moppelchen. Am Wandertag wanderte die Klasse, wie sonst auch, zu einem Berg, einem beliebten Ausflugsziel in der Umgebung.

Wir waren noch nicht lange unterwegs, da verspürte ich einen ziemlichen Heißhunger auf eines der mit »Eszet-Schnitten« belegten Brötchen. Eszet-Schnitten waren dünne Schokoladenscheiben, um das Brot damit zu belegen. Eine meiner Lieblingsspeisen, die ich auch gern ohne Brot aß. Ich hatte einen Rucksack auf dem Rücken, den ich nun umständlich abnahm, um ein Brötchen herauszuholen. Das gelang, ich nahm den Rucksack wieder auf den Rücken und wickelte das Brötchen aus dem Butterbrotpapier. Dabei fiel es mir auf den Waldboden.

Pech gehabt, dachte ich, bückte mich und hob das Brötchen auf. Da hörte ich eine Stimme hinter mir, die sagte: »Oh, das Butterbrot, oh, das Butterbrot.« Es war die Stimme meiner Klassenlehrerin, die am Ende des Schülerpulks ging. Ich drehte mich zu ihr um, das Brötchen fest in der Hand. Da war die Situation für mich schon unangenehm, doch wusste ich nicht warum. Dies verstärkte sich, als die Lehrerin sagte: »Oh nein, du wirst das Brötchen nicht essen, nachdem es im Dreck gelegen hat. Wirf es weg, die Vögel werden sich darüber freuen.«

Ich warf das Brötchen weg, als hätte ich mir die Finger daran verbrannt. Ich merkte gleichzeitig, wie ich rot wurde, ja, wie mein Gesicht zu glühen anfing. Am liebsten wäre ich im Boden versunken. Mir war diese Situation aus damals unerfindlichen Gründen äußerst peinlich. Ich fühlte mich irgendeines Vergehens angeklagt.

Ich kann mich an sonst nichts an diesem Wandertag erinnern, aber die Szene mit dem verlorenen Brötchen ist mir in Erinnerung geblieben.

Heute weiß ich, dass ich mich ertappt, erkannt gefühlt habe. Einmal, weil ich kurz nach Beginn der Wanderung meiner Gier nicht widerstehen konnte und schon essen wollte und das andere Mal, weil ich das Brötchen, obwohl es im Dreck gelegen hatte, noch gern gegessen hätte. Die Lehrerin hatte meine Fressgier erkannt und ich hatte mich gefühlt, als hätte ich splitterfasernackt vor ihr gestanden und ihr mein Innerstes preisgegeben. Ein bisschen war es auch so gewesen.

Allerdings muss ich sagen, dass ich, nachdem die Lehrerin außer Sichtweite war, das Brötchen aufhob. Ich säuberte es mit den Fingern und aß es.

Bei meiner Geburt hatte ich nur vier Pfund gewogen und entwickelte mich zu nichts weiter als zu einem dürren Hecht. Meine Großeltern und

Eltern hatten Sorge deswegen. Man drängte mich, zu essen. Als ich dann endlich zunahm, waren sie sehr erfreut darüber. Irgendwann war ich ihnen dann aber zu dick. Ich solle nicht so viel »fressen« bekam ich gesagt. Meine Eltern achteten nun sehr auf das, was ich aß und erlaubten nur bestimmte Mengen, die ich essen durfte. Das führte dazu, dass ich mir heimlich Brote schmierte und aß. Eigentlich hätte das wenigstens meiner Mutter auffallen müssen, doch sagte sie nie etwas. Manchmal versorgte ich mich heimlich mit Essen vom Lebensmittelladen in unserer Straße.

Leichte Kost

Ich hatte heute nach Schulschluss nicht herumgetrödelt, sondern war auf direktem Wegnach Hause gegangen. Mein Schulbrot hatte ich schon während der großen Pause gegessen und nichts übriggelassen. Und nun schob ich richtig Kohldampf.

Was würde Mutter gekocht haben? Ich hoffte auf etwas Deftiges, um das Loch in meinem Magen zu füllen.

Die Haustür stand, wie meist, offen und ich ging die Flurtreppe bis in den dritten Stock hinauf, wo sich unsere Wohnung befand. Ich war voll Vorfreude auf das Mittagessen. Im Flur roch es nach Bohnerwachs und nicht nach einem köstlichen Mahl. Das ließ meine gespannte Erwartung schrumpfen. Ich klingelte und nach wenigen Augenblicken öffnete meine Mutter die

Tür. Sie trug ihre beste Kleidung, was hieß, dass sie in der Innenstadt gewesen war. Sie hielt mir eine hellblaue Bluse hin. »Ich habe mir mal eine »Kleinigkeit« gegönnt. Wie gefällt dir die? Schön, nicht? Aber sag deinem Vater nichts.«

Sie hatte also wieder etwas von ihrem Haushaltsgeld abgezweigt und sich diese Bluse gekauft. Das tat sie ab und zu. Mein Vater war sehr knausrig.

Mich interessierte das Kleidungsstück nicht sehr. »Was gibt es zu essen?«, fragte ich.

»Ach, heute gibt es was Leichtes«, antwortete meine Mutter. Da wusste ich, was die Stunde geschlagen hatte. »Etwas Leichtes« war ein Fruchtjoghurt, dazu ein Brötchen.

Nicht, dass mir das nicht geschmeckt hätte. Ich mochte Fruchtjoghurt und liebte Brötchen, es war aber etwas mit wenig Substanz. Das würde das Loch in meinem Magen nicht füllen. Aber eigentlich war das nicht wirklich schlimm. Meine Mutter musste am Nachmittag zur Arbeit. Sie war Essensausgeberin in der Hochschulmensa unseres Heimatortes. Bis mein Vater abends von der Arbeit kam, verbrachte ich die Nachmittage allein zu Hause. In dieser Zeit war ich mein eigener Herr. Ich würde in den Lebensmittelladen zwei Straßen weiter gehen und mir drei Schokokussbrötchen holen. Meine Eltern ließen in dem Laden anschreiben und zahlten das Eingekaufte am Ende des Monats. Der Inhaber kannte mich und würde die Brötchen im

»Büchlein« notieren. Es war nicht das erste Mal, dass ich das tat. Immer, wenn meine Mutter sich eine »Kleinigkeit« gönnte und es demzufolge etwas »Leichtes« zum Essen gab, hatte ich mir in dem Laden ebenfalls eine »Kleinigkeit« geholt. Meine Mutter war somit nicht die Einzige in unserer Familie, die Geheimnisse hatte. Aufgeflogen waren sie und ich bisher noch nicht.

Ich konnte mein Essverhalten nie ändern. Gelang einfach nicht. Abgenommen hatte ich verschiedentlich ... und wieder zugenommen. Einmal, ich muss so zwanzig Jahre alt gewesen sein, ging ich auf den Vorschlag meiner Mutter ein, es einmal mit Fasten zu probieren. Es gab den ganzen Tag nur heiße Brühe und Saft. Am dritten Tag gab ich entnervt auf. Dann machte ich irgendwann eine Diät irgendeiner Klinik aus den USA. Ein Zwei-Wochen-Plan mit entsprechenden Gerichten war vorgegeben. Es gab viel Salat, an Fleisch nur Hähnchenfleisch. Und eine Menge hartgekochter Eier waren dabei. Mir gelang es tatsächlich, zehn Kilo abzunehmen. Über welchen Zeitraum weiß ich nicht mehr. Aber nach einigen Monaten hatte ich die Kilos wieder drauf.

Als ich die Ausbildung zum Ergotherapeuten machte, gelang es mir tatsächlich, siebenundzwanzig Kilo in einem halben Jahr abzunehmen. Von hundertundeinem runter auf vierundsiebzig Kilo. Ich war damals hoch motiviert.

Wir mussten im Rahmen der Ausbildung einen Ersten-Hilfe-Kurs absolvieren. Immer wieder hatte die Kursleiterin mich mit meinem Übergewicht als Beispiel dafür, dass es schwierig sei, so jemanden in die stabile Seitenlage zu bringen oder zu transportieren. Auch bei anderen Unterrichtseinheiten musste ich herhalten. Sei es beim Rollstuhltraining für Behinderte oder der Stuhlgymnastik für Senioren, wo darauf hingewiesen wurde, dass das für Übergewichtige eben schwieriger sei als für Normalgewichtige. Das nervte mich so, dass ich beschloss abzunehmen. Ich machte FDH-Diät, aß tatsächlich von allem nur noch die Hälfte beziehungsweise sogar weniger. Es gelang. Nun wurde ich von den Dozenten gewarnt, ich solle vorsichtig sein, dass sich jetzt nicht eine Magersucht entwickeln würde. Alles klar, danke!

Feststellen musste ich aber, dass es mir, als ich bei vierundsiebzig Kilo angelangt war, körperlich und psychisch sehr schlecht ging. Ich fühlte mich wie ein Strich in der Landschaft. Also nahm ich bewusst wieder zu. Genau acht Kilo. Mit diesen nun zweiundachtzig Kilo und einer Größe von hundertvierundsiebzig Zentimetern fühlte ich mich gut. Es gelang mir, dieses Gewicht über einige Jahre zu halten.

Die schlimmste Zeit, die ich mit meinem Essverhalten erlebt habe, war die Zeit nach meiner zweiten Entziehungsbehandlung. Ich hatte hier, wie schon in der ersten Therapie, eine Diät verordnet bekommen. Was heißt Diät. In der ersten Suchtbehandlung gab es einen Reis- und einen Obsttag in der Woche. Damit nahm ich tatsächlich ab. In der zweiten Therapie bekam ich während der Zeit des Abnehmens spezielle Kost, also vermehrt Obst und Gemüse, mageres Fleisch und fettreduzierten Käse. Es gelang mir auch hier, gut abzunehmen.

Nach der Langzeitbehandlung – wieder zu Hause – mit dem Ziel, das Gewicht zu halten, ging der Kampf los. Ich hatte den ganzen Tag über Hungergefühle. Es war grauenhaft. Ständig musste ich mir Kaugummi oder Bonbons in den Mund schieben, um diese Hungergefühle etwas zu betäuben. Ich denke, es war einfach meine tiefsitzende Sucht, die befriedigt werden wollte. Dieser Kampf dauerte vier Jahre. Erst da wurde es besser. Ich kann im Nachhinein sagen, dass ich mich nach diesen vier Jahren tatsächlich erst als psychisch stabil empfand. Das passte also alles ganz gut zusammen.

Doch zurück zu meiner Krebserkrankung. Irgendwann stand Ostern vor der Tür. Da kam leider ein Rückschlag. Als Erstes bekam ich eine Harnwegsinfektion. Mein Urologe hatte Urlaub, ich ging zu seiner Vertretung. Kontakte zu Arztpraxen waren in dieser Zeit erschwert, die Coronapandemie war eingekehrt. Man verordnete mir ein Antibiotikum, das aber leider keine Wirkung zeigte. Ich rief in der Praxis an und konnte mir ein neues Rezept in der Praxis abholen. Nachdem ich das neue Antibiotikum eingenommen hatte, traten an meiner rechten Gesäßhälfte rote juckende Pusteln auf. In der Annahme, das sei eine allergische Reaktion auf das neue Medikament, rief ich in der Vertretungspraxis an und schilderte meine Symptome. Ohne dass ich mich noch mal vorstellen musste, sagte man mir, dass ich das Antibiotikum absetzen solle. Es sei sicher eine allergische Reaktion. Ich solle mich zur weiteren Behandlung an meinen Urologen wenden, dessen Praxis in wenigen Tagen wieder geöffnet wäre. Na toll!

Bis ich bei meinem Urologen in die Praxis konnte, hatten sich die Pusteln über den Oberschenkel bis zum Sprunggelenk ausgebreitet. Nachts hatte ich brennende Schmerzen, die mich nicht schlafen ließen. Sicher keine allergische Reaktion, wie ich gedacht hatte. Ich tippte jetzt eher auf Gürtelrose. Ich sollte Recht haben. Mein Urologe schickte mich gleich, nachdem er mir ein neues Antibiotikum gegen meinen Harnwegsinfekt verordnet hatte, zu einem Hautarzt. Das Antibiotikum übrigens half, der Infekt verschwand.

Der Hautarzt diagnostizierte den schweren Verlauf einer Gürtelrose. Dieser hätte sich nicht so schlimm entwickelt, wenn ich früher gekommen wäre, meinte er. Was soll ich dazu sagen. War dumm gelaufen.

Ich wurde entsprechend medikamentös behandelt, die Pusteln verschwanden nach zirka fünf Wochen. Doch die Schmerzen blieben. Ich bekam Medikamente gegen die Nervenschmerzen, die sie dämpften. Bis die Schmerzen ganz verschwunden waren, dauerte es ein Jahr. Meine Hausärztin war der Meinung, dass ich die Gürtelrose nicht bekommen hätte, wenn mein Immunsystem nicht so geschwächt gewesen wäre. So gesehen also eine Folge der Chemotherapie.

Nicht lange darauf musste ich feststellen, dass es mit dem Urinieren nicht mehr so gut klappte. Ich musste wieder sehr oft zur Toilette, meine Nachtruhe war erheblich gestört. Die Untersuchung bei meinem Urologen zeigte, dass ich die Blase nicht mehr vollständig entleeren konnte, es verblieb einfach zu viel Restharn. Die Prostata hatte sich also wieder vergrößert. Die Medikamente zur Verkleinerung der Prostata hatte ich auf Geheiß des Urologen weiter eingenommen. Die Urologen in der Klinik hatten empfohlen, sie abzusetzen, da sie wohl nicht wirkten. Doch hatte es ja mit dem Urinieren wieder funktioniert und man konnte annehmen, dass die Medis ihre Wirkung getan hatten. Nun war aber wohl tatsächlich Ende. Die Medikamente wurden abgesetzt und ich entschloss mich, die Prostata operieren zu lassen.
Ein Termin war schnell gefunden. Die Prostata sollte mit einem Resektoskop ausgeschält werden, ein gängiges Verfahren. In dem Resektoskop, einem dünnen Röhrchen, befinden sich eine kleine Kamera und eine elektrische Drahtschlinge. Mit dieser Drahtschlinge wird das

Prostatagewebe abgetragen. Das war eine Routineoperation. Man musste auch nicht lange in der Klinik bleiben. Vier bis fünf Tage und man konnte wieder nach Hause.

So saß ich dann wieder eines Montagmorgen im Wartezimmer des OP-Bereichs in der Klinik und wartete auf die Vorbereitungen für die Operation. Ich war relativ entspannt. Der Eingriff würde unter Vollnarkose durchgeführt werden, ich würde nichts mitbekommen.

So war es auch. Ich wachte irgendwann an diesem Tag in einem Bett der urologischen Abteilung wieder auf. Die OP war gut vonstattengegangen. Ich trug einen Katheter, der sollte aber nach zwei Tagen entfernt werden. Bis dahin sei die Wunde verheilt und der Urin sollte wieder fließen. So geschah es. Das Urinieren überzeugte mich jedoch nicht sehr. Der dünne schwache Urinstrahl war nicht berauschend. Man sagte mir, dass würde sich im Lauf der Zeit verbessern.

Nach vier Tagen wurde ich entlassen ... und war drei Tage später wieder in der Klinik. Der Urin floss nicht mehr ab, ich hatte einen Harnverhalt. Man verpasste mir wieder einen Dauerkatheter und ich bekam nun abschwellende Medikamente, da man annahm, dass die Harnröhre durch den Eingriff zu geschwollen sei, um den Urin passieren zu lassen. Nach drei Tagen funktionierte das Urinieren wieder und ich wurde entlassen. Es funktionierte sogar so gut, dass ich mich bei einem Spaziergang am nächsten Tag einnässte. Nicht schön, aber das sollte erst mal nicht mein vorwiegendes Problem sein. Denn am nächsten Tag musste ich wieder über die Notaufnahme in die Klinik, da ich einen weiteren Harnverhalt hatte.

Das schreibt sich jetzt so leicht, aber nur, wer schon mal einen Harnverhalt hatte, kann wahrscheinlich nachvollziehen, wie es mir in dieser Situation ging. Die Blase ist voll, man kann kein Wasser lassen, man hat Schmerzen, bekommt die Panik. Ein Harnverhalt ist immer ein Notfall, schnelle Hilfe ist nötig.

Wieder kam ich in den zweifelhaften Genuss eines Katheters, was auch sonst, nichts anderes schafft Abhilfe. Um zu klären, was eigentlich Sache ist, wurde eine Blasenspiegelung anberaumt. Eine Sache, die ich gern vermieden hätte, denn das stellte ich mir nicht schön vor. Ein ehemaliger Kollege von mir hatte das schon mal mitgemacht. Er berichtete über sehr üble Schmerzen. Es half aber alles nichts. Es musste sein. Ich will das Procedere nicht beschreiben. Ich empfand es als sehr unangenehm, mein Schamgefühl kam an seine Grenzen. Schmerzen hatte ich dabei aber keine. Man hatte mir versichert, dass der Arzt der die Spiegelung durchführte, ein Meister seines Fachs sei. Ich kann das mit meiner laienhaften Einschätzung nur bestätigen. Durch die Spiegelung wurde festgestellt, dass sich in der Harnblase Gewebe befand, das sich mal vor die Harnröhrenöffnung der Blase legte und mal wieder weggeschwemmt wurde. Deshalb hatte es mit dem Urinieren mal geklappt, dann wieder nicht. Das bedeutete nun eine erneute Operation. Ein Termin wurde für zwei Wochen später anberaumt. Über meine Gefühlslage kann ich nicht berichten. Ich kann es nicht in Worte fassen. Das war echtes Pech.

Da lief ich zwei Wochen mit meinem Dauerkatheter rum und hoffte auf ein gutes Ergebnis der Operation.

Ungeduldig hatte ich ausgeharrt. Ich wollte, dass das endlich in Ordnung kommt. Ich konnte nicht wissen, dass noch ein langer Weg vor mir lag.

Nachdem die Operation vorbei war, sagte man mir sie sei gut verlaufen.

Zwei Tage später, der obligatorische Katheter war schon gezogen worden, lief morgens beim Wasserlassen schwallartig dickflüssiges Blut aus dem Penis. Schmerzen hatte ich dabei keine. Ich rannte aus der Toilette und versuchte mit einer Vorlage das Blut zu stoppen. Als die anwesende Schwester mich so sah, gab sie Alarm. Der herbeigeeilte Arzt rammte mir eine mit Wasser gefüllte Riesenspritze in den Penis und spülte die Blase aus. Das machte er drei- bis viermal. Das tat teuflisch weh, ich krümmte mich vor Schmerzen. Das war ein Notfall, die nächste Operation war fällig. Wenn ich das richtig verstanden habe, musste das geronnene Blut aus der Blase entfernt werden. Das Ergebnis war weniger schön. Ich verlor sehr viel Blut, es gerann nicht gut. Immer noch eine Folge der

Chemotherapie. Die Thrombozyten, die für die Gerinnung des Blutes verantwortlich sind, waren noch zu wenig.

Infolge des Blutverlusts war ich sehr kraftlos.

Am Abend dieses Tages fühlte ich mich tatsächlich so geschwächt, dass ich überzeugt war, dass ich das nicht überstehen würde. Ich war so schwach, dass ich mich ohne Hilfe noch nicht einmal auf die Seite drehen konnte. Meine Frau gestand mir einen Tag später, dass sie gedacht hatte, dass es mit mir zu Ende gehen würde, nachdem sie mich gesehen und erlebt hatte.

Ich bekam aber an diesem Abend zwei Bluttransfusionen, die mich wieder unter die Lebenden brachten.

Am nächsten Tag teilte man mir bei der Visite mit, dass meine Blase während der Operation an einer Stelle perforiert worden wäre. Das würde aber von selbst abheilen. Ich nahm das hin. Ich fühlte mich eh nicht gut, bekam leichtes Fieber. Ein Ultraschall wurde anberaumt, der gesamte Bauchraum wurde untersucht. Man stellte fest, dass ich im rechten Unterbauch einen Abszess hatte. Was denn noch?

Eine Schwester meinte zu mir, sie würde sich wundern, wie ich diese Hiobsbotschaften so gelassen ertragen könnte. Ich glaube, dass ich einfach zu geschockt war, um dazu was sagen zu können. Mir fehlten einfach die Worte, ich war nur fassungslos.

Am nächsten Morgen musste ich dann noch mal eine, glücklicherweise, kleinere Operation über mich ergehen lassen. Eine Dränage wurde zum Bauchraum gelegt, damit der Eiter abfließen konnte. Durch diese Maßnahme und die entsprechenden Antibiotika verschwand das Fieber und ich fühlte mich wieder besser. Bis auf den Umstand, dass ich nun bei meinen kleinen Spaziergängen über die Station und den Flur, die ich machte, um wieder etwas fit zu werden, zwei Beutel mit mir rumschleppte. Den Katheter- und den Dränagebeutel.

Nachdem ich wieder einigermaßen obenauf war, zog man den Katheter und der Urin floss recht normal. Doch nur einen Tag. Denn am nächsten Nachmittag kam beim Urinieren ein kleiner zackiger Harnstein mit heraus. Dieser Stein verletzte die Harnröhre, die wieder zuschwoll. Da half wiederum nur ein Katheter, der den Zustand meiner Harnröhre nicht verbesserte.

Ich will es kurz machen. Es folgten die nächsten Tage mehrere Versuche, den Katheter zu entfernen. Er musste aber immer wieder eingeführt werden, da kein Urin floss. Man erklärte mir, dass durch die vielen Eingriffe meine Harnröhre so in Mitleidenschaft gezogen sei, dass es Zeit bräuchte, bis sie ausgeheilt sei. Um die Harnröhre von dem Katheterschlauch zu entlasten, schlug man mir einen suprapubischen Katheter, also einen Bauchdeckenkatheter vor. Den kannte ich schon aus der Hämatologie, ich war einverstanden. Allerdings hatte ich keine große Wahl. Man konnte aber durch die Anwendung eines Bauchdeckenkatheter erkennen, ob und wann es wieder „lief".

Nach insgesamt drei Wochen Aufenthalt in der Klinik wurde ich also mit dem Bauchdeckenkatheter entlassen. Den Termin zur nächsten Kontrolluntersuchung und Katheterwechsel hatte ich in der Tasche.

Ich war ziemlich frustriert, aber froh, wieder zu Hause zu sein und die Sache überstanden zu haben. Insgesamt hatte das Urologieteam die Angelegenheit gut in den Griff bekommen und gemanagt. Hätte auch anders laufen können.

Ich hatte mir vorsorglich einige Vorlagen aus der Klinik mitgenommen, die ich schon die ganze Zeit trug, da es, seit ich den Bauchdeckenkatheter trug, oft zu leichtem Urinabfluss über den Penis gekommen war. Was positiv zu bewerten war. Die Schwellung der Harnröhre ging wohl zurück.

Hier zu Hause testete ich jetzt den Urinfluss natürlich mit Spannung. Mal klappte es, dann wieder nicht. Ganz schön frustrierend. Bis dann der Zustand eintrat, dass die Vorlagen sich immer mehr füllten, das hieß, dass der Urin über den Penis abfloss. Ich hatte diesen Vorgang aber nicht unter Kontrolle. Der Harnröhrenschließmuskel funktionierte also nicht. Ich war inkontinent.

Heute

Man hatte mich in der Klinik schon darauf aufmerksam gemacht, dass das passieren könne. Es gibt den inneren und den äußeren Harnröhrenschließmuskel beim Mann. Der innere sitzt direkt an der Blase, der äußere hinter der Prostata. Bei einer Prostataoperation wird der innere Schließmuskel in der Regel irreversibel in seiner Funktion gestört. Der gesamte Blaseninhalt muss von dem äußeren Schließmuskel gehalten werden. Aber auch dieser ist durch die OP geschwächt, sodass es zu einer Inkontinenz kommen kann. Durch langes Tragen eines Dauerkatheters wird der Schließmuskel ebenfalls beeinträchtigt. Das traf ja nun bei mir zu. Man hatte mir in der Klinik schon prophylaktisch Krankengymnastik verordnet. Doch bevor es dazu kommen konnte, wurde ich entlassen.

Ich suchte nach geeigneten Übungen im Internet und wurde fündig. Die Übungen waren zweimal pro Tag durchzuführen. Mit den dazugehörigen Entspannungsübungen machte das jeweils eine halbe Stunde aus. Nachdem ich das drei Wochen durchgezogen hatte, ließ ich die Entspannungsübungen weg. Die Anspannungsübungen für den Schließmuskel dauerten nur sieben Minuten. Es erforderte trotzdem einiges an Durchhaltevermögen, das zweimal am Tag durchzuführen. Anfangs sah es so aus, als würde das Training nichts fruchten. Der Urin wurde in der Blase nicht gesammelt, sondern lief direkt von den Nieren durch die Blase in die Harnröhre. Das stetig. Ich weiß nicht, wie viel Urinmengen das Saugmaterial der Vorlagen aufnahm. Ich verbrauchte jedenfalls am Tag sechs bis sieben Stück. In der Nacht trug ich eine Windelhose, wie ich sie zu Beginn der Inkontinenz auch am Tag getragen hatte. Irgendwann bemerkte ich, dass ich eine geringe Menge Urin in der Blase halten konnte. Das motivierte mich natürlich sehr, mit dem Training weiterzumachen. Nach einem halben Jahr war die Inkontinenz verschwunden. Ich glaube, ich habe mich noch nie über irgendetwas so sehr gefreut. Ein Wahnsinnserfolgserlebnis. Bei der Krebserkrankung war trotz der erfolgreichen Behandlung alles irgendwie in der Schwebe. Das hier war aber klar und deutlich! Zwischendurch hatte ich mich schon fast damit abgefunden, inkontinent zu bleiben und mir eingeredet, damit leben zu können. Sicher kann man damit leben, aber unter Lebensqualität verstehe ich etwas anderes.

Ab da, es war im Februar 2021, ging es mit mir psychisch und körperlich kontinuierlich bergauf. Als sei mit der wiedererlangten Kontinenz ein Knoten aufgegangen.

Eine Sache musste ich aber noch in Angriff nehmen. Meine Blutzuckerwerte wurden regelmäßig kontrolliert. Die Langzeitwerte lagen, außer, wenn ich mit Kortison behandelt wurde, immer in der Norm. Ich nahm ein Medikament, gegen die hohen Blutzuckerwerte ein. Bei einer der Kontrollen hatten sich sehr hohe Werte gezeigt. Das schockte mich. Ursache dafür konnte eigentlich nur mein unkontrolliertes Essen sein. Ich hatte ja wieder mein altes ungesundes Übergewicht erreicht. Da musste etwas geschehen.

Ich hatte vor einigen Jahren mit einer App für das Smartphone gearbeitet, mit der man Kalorien zählen konnte und so eine gewisse Kontrolle über die Essenszufuhr gehabt. Ich hatte damals ein paar Kilo abgenommen. Diese App benutzte ich nun wieder und stellte meine Ernährung um. Was nicht sehr schwer war, da meine Frau sich vegetarisch ernährte und ich mich dem angenähert hatte. Auch mein Bewegungsprogramm baute ich aus. Bisher waren das nur die täglichen halbstündigen Spaziergänge gewesen. Jetzt sah es so aus, dass ich vormittags zirka eine bis eineinhalb Stunden stramm marschierte und nachmittags, je nach Wetterlage, eine Stunde auf dem Ergometer strampelte oder zwei Stunden mit dem Fahrrad fuhr.

Ein etwas reduziertes Programm praktiziere ich noch heute. Innerhalb eines Jahres habe ich sechzehn Kilo abgenommen. Die Langzeitblutzuckerwerte sind die eines Gesunden. Das Medikament gegen den Diabetes ist abgesetzt worden. Meine Nierenwerte haben sich ebenfalls so verbessert, dass ich nur noch jedes halbe Jahr zur Kontrolle muss und nicht wie die letzten Jahrzehnte alle drei Monate. Nicht zu vergessen, dass ein Schub meiner Colitis ulcerosa bisher, also seit drei Jahren, nicht mehr aufgetreten ist. Ich darf hoffen, dass die Colitis tatsächlich durch die Wirkung der Krebsbehandlung ausgemerzt worden ist.

Ich fühle mich sehr wohl, habe das Gefühl noch nie so gut in Form gewesen zu sein, wie ich es nun mit achtundsechzig Jahren und überstandener Krebsbehandlung bin. Was die Erkrankung betrifft, gelte ich in zwei Jahren als geheilt. Ich verhalte mich aber, als sei es schon so. Ich genieße jeden Tag meines Lebens und mache mir keine Gedanken über meine Erkrankung. Warum sollte ich mir mit negativen angstbesetzten Gedanken mein positives Lebensgefühl zerstören? Sollte der Krebs zurückkommen, werde ich mich der Situation stellen. Und hoffen, dass es gut ausgeht.

Ende

Über den Autor

Rainer Güllich ist Jahrgang 1954, er lebt in seiner Geburtsstadt Marburg.

Als begeisterter Leser schon ewig von dem Wunsch getrieben, selbst zu schreiben, nahm er an einem Kurzkrimiwettbewerb teil, der im Rahmen des 1. Marburger Krimifestivals stattfand. Er kam auf einen der vorderen Plätze und sein Kurzkrimi „Hass" wurde in der regionalen Presse veröffentlicht. Dadurch motiviert belegte er seinen ersten Schreibkurs in kreativem Schreiben. Weitere schlossen sich an und als Ergebnis erschienen in kurzer Zeit zwei Krimianthologien. Es folgte der Kriminalroman „Unter Druck – Ein Marburg Krimi".

Rainer Güllich ist Mitglied im Syndikat e. V. – Verein für deutschsprachige Kriminalliteratur.

Veröffentlichungen:

Der Marburger Krimi-Cocktail, Kriminelle Kurzgeschichten

Der zweite Marburger Krimi-Cocktail, Neue kriminelle Kurzgeschichten

Flaschenpost – Das Ende einer Sucht, Roman

Unter Druck – Ein Marburg Krimi

Begegnungen – Geschichten aus der Psychiatrie

Du entkommst nicht – Ein Marburg Krimi

Der dritte Marburger Krimi-Cocktail, Kriminelle Kurzgeschichten

Verletzte Gefühle – Ein Marburg Krimi

Drei Morde – Ein Marburg Krimi

www.allesleser-web.de

Anmerkungen

Die Passagen mit dem Titel „Herr Riese", auf den Seiten 55 – 60 und die Passagen mit dem Titel „Österliches Intermezzo" auf den Seiten 151 – 157 entstammen dem Buch des Autors „Begegnungen – Geschichten aus der Psychiatrie".

Die Passagen mit dem Titel „Flucht" auf den Seiten 67 – 72 entstammen dem Buch des Autors „Flaschenpost – Das Ende einer Sucht".

Sollten die Erläuterungen medizinischer Fakten fehlerhaft sein, so geht das zu meinen Lasten. Ich habe sie so wiedergegeben, wie ich sie als Laie verstanden habe.

Dank

Mein Dank geht an die Mitarbeiterinnen und Mitarbeiter der hämatologischen Abteilung der Klinik, in der ich behandelt wurde. Den Namen der Klinik nenne ich aus rechtlichen Gründen nicht. Die fachliche Kompetenz und einfühlsame Betreuung der Mitarbeiter während meiner Krebserkrankung haben einen entscheidenden Beitrag zu meiner Genesung geleistet.

Mein Dank geht ebenfalls an die Hausarztpraxis Sabine Schulze und deren Mitarbeiterinnen in Marburg-Cappel, die mich professionell und fürsorglich während der schweren Zeit der Behandlung begleitet haben.